双葉文庫

新・知らぬが半兵衛手控帖

隠居の初恋

藤井邦夫

目次

この作品は双葉文庫のために書き下ろされました。

隠居の初恋

新・知らぬが半兵衛手控帖

江戸町奉行所には、与力二十五騎、同心百二十人がおり、南北合わせて三百人ほどの人数がいた。その中で捕物、刑事事件を扱う同心は所謂《いわゆる》〝三廻り同心〟と云い、各奉行所に定町廻り同心六名、臨時廻り同心六名、隠密廻り同心二名とされていた。

臨時廻り同心は、定町廻り同心の予備隊的存在だが職務は全く同じである。そして、定町廻り同心を長年勤めた者がなり、指導、相談に応じる先輩格でもあった。

第一話　冬の幽霊

一

火鉢の炭は漸《ようや》く赤くなった。

廻《まわ》り髪結《かみゆい》の房吉《ふさきち》は、冷たい手を火鉢で温めて鋏《はさみ》を取り、半兵衛《はんべえ》の元結《もとゆい》を切った。

ぱちん……。

房吉は、元結の切れた半兵衛の髷《まげ》を解《と》いた。

北町《きたまち》奉行所臨時廻《ぶぎょうしょりんじまわ》り同心白縫《どうしんしらぬい》半兵衛は、眼を瞑《つぶ》って房吉の日髪日剃《ひがみひぞり》を受けた。

「旦那、幽霊、本当にいるんですかね……」

房吉は、手を動かしながら訊いた。

「房吉、幽霊とは、時季外れな話だな」

半兵衛は苦笑した。

「ええ……」

「ま、幽霊なんてものは、いると思えばいるし、いないと思えばいない。そんなものだろうな」

「そうですか……」

「出るのかい、幽霊……」

「はい。神田鍛冶町《かんだかじちょう》に暖簾《のれん》を掲げている大角屋《おおすみや》って呉服屋に……」

神田鍛冶町の呉服屋『大角屋』は、三代続いている大店《おおだな》であった。

「ああ、あの呉服屋の大角屋か……」

半兵衛は、呉服屋『大角屋』を知っていた。

「御存知ですか……」

「うん、名前だけはね。で、大角屋にどんな幽霊が出るんだい」

「そいつが、大角屋の先代の旦那の幽霊だとか……」

「先代の旦那の幽霊……」

半兵衛は眉をひそめた。

「ええ。去年の夏、大川《おおかわ》に落ちて死んだ先代の旦那の幽霊だそうです」

「大川に落ちて死んだ……」

「ええ。大角屋の奉公人たちがそう噂していましてね」

「そうか、此《こ》の寒空に出て来るとは、幽霊も御苦労な話だな……」

半兵衛は、面白そうに笑った。

神田鍛冶町の呉服屋『大角屋』は、客で賑《にぎ》わっていた。

半兵衛は、岡《おか》っ引《ぴき》の本湊《ほんみなと》の半次《はんじ》や下《した》っ引《ぴき》の音次郎《おとじろう》と見廻りの途中、呉服屋『大角屋』に寄ってみた。

「旦那、大角屋に何か……」

半次は尋ねた。

「うん。幽霊が出るそうだ」

半兵衛は、繁盛している呉服屋『大角屋』を眺めながら告げた。

「幽霊……」

半次と音次郎は驚いた。

「房吉から聞いたんだが、大角屋に大川で死んだ先代の旦那の幽霊が出るって噂があるそうだよ」

半兵衛は教えた。

「旦那の幽霊だなんて、本当ですか……」

音次郎は、恐ろしそうに眉をひそめた。

「音次郎、本当かどうか知らないが、噂があるんだよ」

半兵衛は苦笑した。

「旦那。じゃあ、ちょいとあそこで一服しますか……」

半次は辺りを見廻し、呉服屋『大角屋』の斜向《はすむ》かいにある甘味処《かんみどころ》を示した。

「うん……」

半兵衛は頷《うなず》いた。

僅《わず》かに開けた窓の障子《しょうじ》から、呉服屋『大角屋』の表が見えた。

半兵衛は、羊羹《ようかん》を食べながら房吉に聞いた話を半次と音次郎にした。

「へえ、先代の旦那の幽霊ですか……」

音次郎は、大福餅《だいふくもち》を食べながら聞き返した。

「うん……」

「それにしても、去年の夏に死んだ旦那の幽霊が出るなんて……」

半次は首を捻《ひね》った。

「面白いな……」

半兵衛は、羊羹を食べて茶を飲んだ。

「旦那……」

半次は苦笑した。

「半次、大角屋の先代の旦那、どうして大川に落ちて死んだかだな」

「旦那やあっしたちが知らないって事は、月番《つきばん》はおそらく南の御番所《ごばんしょ》の時ですよ」

半次は読んだ。

「じゃあ、仔細《しさい》は南町《みなみまち》に訊くしかないか……」

「ええ。それにしても旦那、先代の旦那の幽霊、本当に出るんですかね」

「うん。奉公人たちが囁《ささや》き合っているそうだ」

「奉公人たちが……」

半次は眉をひそめた。

奉公人たちが囁き合っているとなると、それなりの理由、つまり幽霊らしき者がいる事になる。

「じゃあ、やっぱり幽霊……」

音次郎は、ぞっとした面持《おもも》ちになった。

「まあな……」

半兵衛は、小さな笑みを浮かべた。

「分かりました旦那。じゃあ、ちょいとその辺りを探《さぐ》ってみますか……」

半次は、安倍川餅《あべかわもち》を食べ終えて茶を飲んだ。

「そうしてくれ。私は鍛冶町の自身番《じしんばん》に行って一件の仔細を訊いてみるよ」

半兵衛は告げた。

「承知しました」

半次は頷いた。

「あのう、探るんですか、幽霊……」

音次郎は、恐る恐る尋ねた。

「ああ。幽霊の正体を突き止めるんだぜ」

半次は笑った。

「お、親分。そんな真似をしたら幽霊の祟《たた》りが……」

音次郎は、恐れおののいた。

「音次郎、幽霊の正体を突き止める序《つい》でに祟りがあるかどうか確かめるんだな」

半兵衛は、楽しげに笑った。

呉服屋『大角屋』の先代主《せんだいあるじ》の吉兵衛《きちべえ》は、去年の夏に川遊びをしていて酒に酔い、屋根船《やねぶね》から大川に落ちた。酒の相手をしていた三番番頭の良造《りょうぞう》は、慌てて町役人《ちょうやくにん》たちに報《しら》せて吉兵衛を捜した。しかし、吉兵衛は見付からなかった。

大川の捜索は翌日も続いたが、吉兵衛は見付からなかった。

吉兵衛は、酒に酔って大川に落ちた。そして、溺《おぼ》れ死んで大川を流され、江戸《えど》湊《みなと》の底深くに沈んだ。

誤っての事故死……。

世間はそう判断し、吉兵衛は死体が発見されぬまま死んだとされた。

自身番には、家主《いえぬし》が二人、店番《たなばん》二人、番人《ばんにん》が一人の五人が詰める五人番とされている。だが、余りにも狭いが故《ゆえ》、家主一人、店番一人、番人の三人番に略される事が多かった。

神田鍛冶町の自身番の家主は、訪れた半兵衛に呉服屋『大角屋』主の吉兵衛の死の経緯を話した。

「そいつが去年の夏か……」

「ええ。もう一年と四ヶ月になりますか……」

店番は指を折った。

「そうか。で、大角屋は今、お内儀《ないぎ》が営んでいるのかい……」

「はい。お内儀のおきぬさんが……」

「そいつは大変だろうな」

「ま、大変でしょうが、お内儀のおきぬさんは元々大角屋の一人娘ですから
……」

「お内儀のおきぬが大角屋の一人娘……」

「はい……」

「ならば、死んだ吉兵衛は婿養子《むこようし》なのか……」

半兵衛は、新たな事実を知った。

「ええ。先代の旦那の吉兵衛さんは、大角屋の遠縁《とおえん》の人でしてね。亡くなった先々代《せんせんだい》の旦那が決めた婿です」

「そうか、吉兵衛は婿養子だったのか……」

「はい。左様《さよう》にございます」

「それにしても、あれ程の大店だ。お内儀のおきぬ一人じゃあ、何かと大変だろう」

「それが、商《あきな》いの方は番頭の良造さんが取り仕切っていましてね」

「番頭の良造……」

「はい……」

「番頭の良造ってのは、旦那の吉兵衛が大川に落ちた時、一緒にいた三番番頭かな……」

「はい。その良造さんですが、今は一番番頭になりましてね。中々《なかなか》の商売上手の遣《や》り手《て》で大角屋を盛り立てています。ですから、お内儀は吉兵衛旦那が生きている時と余り変わりはないのだと思いますよ」

自身番の家主は告げた。

「成《な》る程《ほど》、今では良造が一番番頭で大角屋を取り仕切っているのか……」

半兵衛は眉をひそめた。

呉服屋『大角屋』は繁盛していた。

半次と音次郎は、奉公人たちに幽霊について尋ねようとした。しかし、奉公人たちは忙しかった。

「暇な奉公人、いませんねえ……」

音次郎は、吐息を洩らした。

「ああ。旦那がいなくても此《これ》だけ繁盛しているとは、大したものだぜ」

半次は感心した。

呉服屋『大角屋』には、客が途切れる事もなく出入りし、奉公人たちは忙しく働いていた。

半次と音次郎は、呉服屋『大角屋』を見守った。

手代《てだい》が買い物を終えた客を見送り、店に戻ろうとした。その時、手代は通りの向こう側の路地《ろじ》を怪訝《けげん》に見詰めた。

どうした……。

半次は、手代の視線の先を追った。

人の行き交う通りの向こう側の路地の出入口には、紺色の羽織《はおり》を着た小肥《こぶと》りの中年男が佇《たたず》んでいた。

手代は、紺色の羽織を着た小肥りの中年男を見て驚き、大きく後退《あとずさ》りをした。

次の瞬間、紺色の羽織を着た小肥りの中年男は、路地の奥に身を翻《ひるがえ》した。

「音次郎、此処《ここ》にいろ……」

半次は音次郎に命じ、紺色の羽織を着た小肥りの中年男の入った路地に走った。

「は、はい……」

音次郎は、手代を見守った。

手代は店に入った。そして、他の手代や小僧たちと一緒に戻り、恐る恐る反対側の路地を窺《うかが》った。

何をしている……。

音次郎は、何気《なにげ》ない素振《そぶ》りで手代と小僧たちに近づいた。

半次は、紺色の羽織を着た小肥りの中年男が入った路地に駆け込んだ。

路地の先には誰もいなかった。

半次は、路地の奥に走った。

連《つら》なる家々の壁や塀の間の路地は狭く、左右に折れ曲がっていた。

半次は、隠れられそうな場所を見ながら路地を進んだ。そして、紺色の羽織を着た小肥りの中年男を見付ける事もなく通りに出た。

通りは薬師新道《やくしじんみち》だった。

半次は、人の行き交う薬師新道の左右を見た。

紺色の羽織を着た小肥りの中年男は、薬師新道の何処《どこ》にもいなかった。

見失った……。

半次は吐息を洩らした。

紺色の羽織を着た小肥りの中年男は何者なのか……。

手代は、その姿を見て明らかに驚いていた。

まさか……。

半次は、或《あ》る事に気が付いた。そして、やって来た路地を戻った。


手代と小僧たちは、路地を窺いながら囁き合った。

音次郎は、呉服屋『大角屋』の店内《たなうち》を眺めながら手代たちの囁きに聞耳《ききみみ》を立てた。

「松吉《まつきち》、本当にいたのか……」

「ああ。じっとお店を見ていたんだ。ありゃあ旦那さまだよ」

松吉と呼ばれた手代は、声を震わせた。

「何をしているんです」

羽織を着た背の高い男が『大角屋』から現れ、松吉たち手代と小僧を厳しく見廻した。

「す、すみません……」

松吉たち手代と小僧は、慌てて『大角屋』に戻った。

羽織を着た背の高い男は、人の行き交う往来を厳しい眼差《まなざ》しで見廻した。そして、『大角屋』の店内に戻って行った。

音次郎は、店の中を覗《のぞ》き込んだ。

「いらっしゃいませ……」

小僧が現れ、店先の掃除を始めた。

「あの背の高い人は番頭さんかい……」

音次郎は、小僧に尋ねた。

「はい。一番番頭の良造さんです」

小僧は、店先の掃除を横手に進めた。

「やっぱりな。処《ところ》でさっきは何をしていたんだい」

音次郎は、掃除をする小僧に続いた。

「えっ……」

小僧は掃除の手を止め、音次郎を見上げた。

「団子《だんご》でも食べな……」

音次郎は、小僧に小粒《こつぶ》を握らせた。

「わっ……」

小僧は、小粒を握り締めた。

「で、何をしていたんだい」

音次郎は笑った。

「幽霊です……」

小僧は、恐ろしげに囁いた。

「幽霊……」

「はい。去年、亡くなった旦那さまの幽霊が出たんです」

小僧は、人通りの向こう側の路地を恐ろしげに示した。

「本当かい……」

音次郎は苦笑した。

「本当です」

小僧は、真剣な顔をして頷いた。

音次郎は、向かい側の路地から半次が戻って来たのに気が付いた。

「そうか。お前、名前は……」

「寅助《とらすけ》です」

「じゃあ寅助、又な……」

音次郎は、戻って来た半次の許《もと》に向かった。

「親分……」

音次郎は、半次に駆け寄った。

「おう……」

「どうでした……」

「見失ったよ」

半次は苦笑した。

「そうですか……」

「で、小僧に何か訊いたのか……」

半次は、呉服屋『大角屋』の店先を掃除する小僧の寅助を示した。

「はい。向かい側の路地に亡くなった旦那の幽霊が出たそうですよ」

音次郎は、半次が出て来た路地を示した。

「やっぱりな。あの紺色の羽織を着た小肥りの中年男が、大川に落ちて死んだ先代の旦那の幽霊か……」

半次は知った。

「はい。でも昼日中《ひるひなか》、賑やかな通りに出て来る幽霊なんか、聞いた事がありませんよ」

音次郎は呆《あき》れた。

「そいつは俺も同じだが、そうも云ってられないかもな……」

「どう云う事ですか……」

「奉公人たちが死んだ旦那を見たと騒いでいるのは本当だからな……」

「他人の空似《そらに》じゃあ、ないんですか……」

「それとも、本当は生きていて死んだ振りをしているかだ……」

半次は苦笑した。

蕎麦屋《そばや》の座敷の窓からは、呉服屋『大角屋』が見えた。

半兵衛は、半次や音次郎と落ち合って酒と蕎麦を頼んだ。

「で、旦那、自身番は如何《いかが》でした」

「うん。いろいろ分かったよ」

半兵衛は、自身番で聞いた事を半次と音次郎に話した。

「亡くなった旦那の吉兵衛さん、婿養子でしたか……」

半次は眉をひそめた。

「ああ……」

半兵衛は、手酌《てじゃく》で酒を飲んだ。

「それで、旦那の死体は未《いま》だに見付かっちゃあいないんですか……」

音次郎は尋ねた。

「うむ……」

半兵衛は頷いた。

「でしたら吉兵衛旦那、生きているかもしれませんね」

音次郎は読んだ。

「だったら音次郎、吉兵衛旦那はどうして大角屋に帰って来ないんだ」

半次は訊いた。

「そうか、そうですねえ……」

音次郎は、肩を落として蕎麦を啜《すす》った。

「で、半次たちの方はどうだった」

「現れましたよ。奉公人たちの云っている吉兵衛旦那の幽霊……」

半次は告げた。

「現れたかい……」

「ええ。大角屋の向かい側の路地に、紺色の羽織を着た小肥りの吉兵衛旦那が……」

「して、どうした」

半兵衛は、話の先を促《うなが》した。

「奉公人たちに気が付かれて逃げたので、追ったんですが……」

「見失ったか……」

「はい。薬師新道迄追ったんですが……」

半次は苦笑した。

「そうか。して、大角屋の奉公人たちは、その紺色の羽織を着た小肥りの男が旦那の吉兵衛の幽霊だと云っているのだな」

「はい……」

音次郎は頷いた。

「それにしても、吉兵衛旦那の幽霊、丑三《うしみ》つ時に恨《うら》めしやと出て来る幽霊とは、ちょいと違うようですね」

半次は、手酌で酒を飲んだ。

「うむ。大角屋にどんな風《ふう》に出るのかな……」

半兵衛は首を捻った。

「分かりました。通いの奉公人に訊いてみますよ」

半次は告げた。

「そうしてくれ」

半兵衛は頷いた。

蕎麦屋の窓の障子が夕陽《ゆうひ》に染まった。

呉服屋『大角屋』では、奉公人たちが店仕舞《みせじま》いをし始めた。

「旦那、親分……」

音次郎が窓の外を見ながら呼んだ。

「どうした……」

「一番番頭の良造さんが出掛けるようです」

番頭の良造が、手代や小僧に見送られて出掛けて行くのが見えた。

「彼奴《あいつ》が番頭の良造か……」

「はい……」

「よし。私が追う。半次、組屋敷《くみやしき》でな」

半兵衛は立ち上がった。

「承知。音次郎、お供しな……」

「合点《がってん》です」

半兵衛と音次郎は、蕎麦屋を出て行った。

二

夕暮れ時の神田八ツ小路《かんだやつこうじ》は、仕事仕舞いをした職人やお店者《たなもの》たちが行き交っていた。

呉服屋『大角屋』の一番番頭の良造は、八ツ小路から神田川に架かっている昌平橋《しょうへいばし》を渡った。

何処に何しに行くのか……。

半兵衛は、音次郎を従えて尾行《つけ》た。

良造は、明神下《みようじんした》の通りを進んで下谷広小路《したやひろこうじ》に出た。


日が暮れた。

下谷広小路には辻行燈《つじあんどん》が灯《とも》され、昼間の賑わいは失《う》せていた。

良造は、下谷広小路を進んで仁王門前町《におうもんぜんちよう》の料理屋『笹乃井《ささのい》』の暖簾を潜った。

半兵衛と音次郎は見届けた。

「誰かと逢うんですかね」

音次郎は読んだ。

「きっとな……」

半兵衛は頷いた。

番頭の良造は、大川に落ちた呉服屋『大角屋』主の吉兵衛の酒の相手として一緒に屋根船に乗っていた。

つまり、番頭の良造は生きている吉兵衛を最後に見た者と云える。

吉兵衛が幽霊となって出るのに何か心当たりがあるかもしれない……。

半兵衛は読んだ。

呉服屋『大角屋』が大戸《おおど》を閉めて半刻《はんとき》（一時間）が過ぎた。

通いの奉公人たちは、裏口に続く路地から出て来た。

半次は、聞き込みを掛ける相手を捜した。

通いの女中と思われる中年女が現れ、通りを日本橋《にほんばし》の方に向かった。

よし……。

半次は、中年女を追った。

中年女は、神田堀《かんだぼり》の手前を西に曲がり、鎌倉河岸《かまくらがし》に進んだ。そして、神田堀に架かっている竜閑橋《りゅうかんばし》の傍《そば》の長屋の木戸《きど》を入ろうとした。

半次は呼び止めた。

中年女は振り返り、半次に怯《おび》えと警戒の入り混じった眼を向けた。

「やあ。あっしは本湊の半次って者でしてね」

半次は、懐《ふところ》の十手《じって》を中年女に見せた。

「あら、親分さんでしたか……」

中年女は、微《かす》かな安堵《あんど》を浮かべた。

「驚かせてすまないね。いきなり呼び止めたりして……」

「えっ、ええ。驚きましたよ。で、何の御用《ごよう》ですか……」

「うん。ちょいと訊きたい事があってね」

「訊きたい事って、ひょっとしたら……」

中年女は、小さな笑みを浮かべた。

睨《にら》み通りだ……。

中年女は、半次の睨み通り噂話の好きなお喋《しやべ》り女なのだ。

「ああ。旦那の吉兵衛さんの幽霊の事だよ」

半次は、中年女に素早く小粒を握らせた。

「あら、ま……」

中年女は、嬉しげに小粒を握り締めた。

「で……」

「私はときですよ。親分さん……」

ときと名乗った中年女は、怯えと警戒を消した。

「で、おときさん、吉兵衛旦那の幽霊ってのは本当なのかい……」

「ええ。私は見た事がないけど、旦那の幽霊、出るそうですよ」

おときは、眉をひそめて囁いた。

「どんな風に出るんだい……」

「手代の松吉さんたちの話では、紺色の羽織を着た小肥りの旦那さまが、夜《よ》な夜《よ》なお店の前や庭にじっと佇んでいるそうだよ」

おときは、恐ろしそうに身震いをした。

「でも、それだけで吉兵衛旦那の幽霊だとは決め付けられないだろう」

半次は首を捻った。

「それがね親分さん、幽霊が出た後に旦那の紙入れや煙草《たばこ》入れなんかが残されていたんですよ」

「吉兵衛旦那の紙入れや煙草入れ……」

半次は眉をひそめた。

「ええ。それに扇子《せんす》や手拭《てぬぐい》なんかも。死んだ旦那の物があるなんて、そりゃあもう、幽霊が出たからだって。そりゃあそうだよね。うん……」

おときは、己の言葉に尤《もっと》もらしく頷いた。

「死んだ吉兵衛旦那の持ち物か……」

幽霊が出た後には、死んだ吉兵衛旦那の持ち物が残されていた。

呉服屋『大角屋』の奉公人たちは、それを証拠に吉兵衛旦那の幽霊が出たと信じた。

「それでおときさん、お内儀さんや番頭の良造さんはどうしているんだい……」

半次は訊いた。

「そりゃあ、お内儀さんはもう震え上がって寝込んじゃいましてね。番頭さんは機嫌が悪くなっちまいましたよ」

おときは眉をひそめた。

「機嫌が悪くなった……」

「ええ。怒りっぽくなってね。手代の松吉さんたちも大変ですよ」

おときは、手代の松吉たちに同情した。

「じゃあ、店は余り良い雰囲気じゃあないね」

「ええ。何だかぴりぴりして、陰気で暗くなってしまったって感じだね」

「そうか……」

半次は頷いた。

夜廻《よまわ》りの木戸番の拍子木《ひようしぎ》の音が響いた。

「親分さん、そろそろ……」

おときは長屋を気にした。

潮時《しおどき》だ……。

「おっ、そうだな。いろいろ助かったぜ。おときさん、こいつはお内儀や番頭の良造さんには内緒《ないしょ》だぜ」

　半次は笑った。

「わかってますよ。じゃあ……」

　おときは、小粒を握り締めて長屋の木戸を入って行った。

　半次は見送った。

　木戸番の打ち鳴らす拍子木の音は、夜空に甲高《かんだか》く響き渡った。


　料理屋『笹乃井』は、冷たい夜風に暖簾を揺らしていた。

　番頭の良造が入って半刻が過ぎた。

　半兵衛は、音次郎と共に見張り続けた。

「ありがとうございました……」

　女将《おかみ》や仲居の客を送る声がした。

　半兵衛と音次郎は、料理屋『笹乃井』から出て来る客を見た。

　番頭の良造と羽織を着た初老の男が、女将と仲居たちに見送られて出て来た。

「旦那……」

「うん……」

半兵衛と音次郎は、良造と初老の男を見守った。

「じゃあ良造さん……」

「ええ。親方、明日は宜《よろ》しく頼みましたよ」

良造は、初老の男に何事かを頼んだ。

「御心配なく……」

初老の男は、笑顔で頷いた。そして、二人は料理屋『笹乃井』の前で別れた。

「どうします……」

音次郎は、どちらを追うか焦った。

「良造は素性《すじよう》が割れている。親方ってのを追ってみよう」

半兵衛は決めた。

「合点です……」

音次郎は、初老の男を尾行た。

半兵衛は続いた。

初老の男は、下谷広小路を横切って山下《やました》に向かった。

浪人と半纏《はんてん》を着た二人の男が現れ、初老の男の前後に付いた。

「旦那……」

音次郎は眉をひそめた。

「どうやら、素性が見えてきたな……」

半兵衛は苦笑した。

初老の男は、浪人と半纏を着た二人の男に護《まも》られて新寺町《しんてらまち》の通りに進んだ。

半兵衛と音次郎は追った。

新寺町の通りを進み、新堀川《しんぼりがわ》に架かっている菊屋橋《きくやばし》を渡ると浅草東本願寺《あさくさひがしほんがんじ》がある。

親方と呼ばれた初老の男は、浪人と半纏を着た二人の男と菊屋橋を渡った。

半兵衛と音次郎は尾行た。

東本願寺の大屋根が黒々と浮かび、向かい側に門前町が続いていた。

初老の男は、浪人と半纏を着た二人の男に護られて門前町に進んだ。そして、明かりの灯された店に入った。

店の腰高障子には、丸に万の字が大きく書かれていた。

半兵衛と音次郎は見届けた。

「丸に万の字か……」

半兵衛は眉をひそめた。

「はい。地廻《じまわ》りか博奕打《ばくちう》ちの親方って処ですかね……」

音次郎は読んだ。

「きっとな……」

半兵衛は頷いた。

東本願寺の鐘《かね》の音《ね》が鳴り出した。

鐘の音は夜空に響き、戌《いぬ》の刻《こく》五つ（午後八時）を報せた。

囲炉裏《いろり》の火は燃えた。

半兵衛と音次郎は、八丁堀北島町《はっちょうぼりきたじまちょう》の組屋敷に戻った。

組屋敷には既に半次が来ており、囲炉裏に火を熾《おこ》して雑炊《ぞうすい》の鍋を掛けていた。

半兵衛、半次、音次郎は、囲炉裏端《ばた》に座って酒を飲み、雑炊を食べながら探って来た事を報せ合った。

「幽霊が現れた後には、吉兵衛の紙入れや煙草入れが残されていたか……」

半兵衛は酒を飲んだ。

「ええ。それで、店の者たちは吉兵衛旦那の幽霊に間違いないと……」

半次は頷いた。

「やっぱり……」

音次郎は、身震いをしながら雑炊を啜った。

「音次郎、自分の持ち物を残して行く幽霊なんて聞いた事がないよ」

半兵衛は苦笑した。

「でも、旦那……」

「音次郎、ひょっとしたら吉兵衛は生きているかもしれないよ」

半兵衛は読んだ。

「えっ……」

音次郎は驚いた。

「生きているのに死んだ振りをして、呉服屋大角屋を脅《おど》していますか……」

半次は読んだ。

「だとしたら何故《なにゆえ》かだ……」

「旦那、吉兵衛旦那、酔って屋根船から大川に落ちたってのは、本当は違うのかもしれませんね」

　半次は眉をひそめた。

「うん。で、一緒に屋根船に乗っていたのは、当時三番番頭だった良造……」

　半兵衛は、小さな笑みを浮かべた。

「はい。で、その良造、今夜は何処に……」

　半次は尋ねた。

「仁王門前町の料理屋笹乃井で本願寺の万平《まんぺい》と云う博奕打ちの貸元《かしもと》と逢っていたよ」

　半兵衛は告げた。

「へえ、呉服屋の番頭が博奕打ちの貸元と逢っていましたか……」

　半次は、厳しさを滲《にじ》ませた。

「うん。そして、明日は宜しくと、何事かを頼んだようだ」

「良造が博奕打ちの貸元にですか……」

「ああ。何を頼んだのか……」

　半兵衛は苦笑した。

「で、どうします……」

半次は、半兵衛の出方を窺った。

「そいつなんだが、明日、私は本願寺の万平を見張ってみる。半次は番頭の良造を頼む」

「承知しました……」

半次は頷いた。

半兵衛は、己の湯呑茶碗《ゆのみぢゃわん》に酒を満たした。

「それにしても旦那、大角屋の幽霊騒ぎには何があるんですかね」

「うん。分からないのはそこだが、何かが隠されている……」

半兵衛は、酒を飲んだ。

囲炉裏に焼《く》べられた柴が爆《は》ぜ、火花が飛び散った。


呉服屋『大角屋』は、いつも通りに店を開けて商いを始めた。

半次は、物陰から番頭の良造を見張った。

良造は、手代や小僧たち奉公人に厳しく指図《さしず》をしていた。

それは番頭と云うより、旦那のような振る舞いだった。

半次は苦笑した。

浅草東本願寺門前町の博奕打ちの貸元万平の店は、三下《さんした》たちが店先の掃除をしていた。

半兵衛と音次郎は、東本願寺の大門の陰から見張った。

東本願寺の鐘が、巳《み》の刻四つ（午前十時）を報せた。

貸元万平の店から、初老の万平が二人の浪人と四人の博奕打ちたちを従えて出て来た。

「じゃあ、お前たちは先に行きな……」

万平は、四人の博奕打ちに命じた。

「へい。じゃあ、お先に……」

四人の博奕打ちたちは、新堀川沿いの道を元鳥越町《もとどりごえまち》に向かった。

万平は、二人の浪人と足早に行った博奕打ちたちに続いた。

「旦那……」

音次郎は意気込んだ。

「うん。追うよ」

半兵衛と音次郎は、万平たちを追った。

呉服屋『大角屋』は繁盛していた。
番頭の良造は、菓子折程《かしおりほど》の風呂敷包《ふろしきづつ》みを持って店から出て来た。
出掛ける……。
半次は睨んだ。
良造は、手代の松吉や小僧の寅助たちに見送られて出掛けた。
半次は、物陰から出て良造を追った。
良造は、足早に両国広小路《りょうごく》の方に向かった。
半次は、良造を尾行る者がいないか見定めながら油断なく追った。
両国広小路は賑わっていた。
博奕打ちの貸元の万平は、二人の浪人と共に片隅にある茶店の縁台《えんだい》に腰を据えた。
半兵衛と音次郎は見届けた。
万平は、大川に架かっている両国橋の袂《たもと》を眺めた。
音次郎は、万平の視線を追った。

「旦那……」

音次郎は、半兵衛に両国橋の袂を示した。

両国橋の袂には行商人《ぎようしようにん》が店を開き、待ち合わせの人たちが佇んでいた。そして、そうした者の間に半纏を着た男たちがいた。

半纏を着た男たちは、先に出た万平の手下の博奕打ちたちだった。

博奕打ちたちは、何気ない様子で辺りを窺っていた。

「此処で何かがあるようだ……」

半兵衛は読んだ。

「ええ。何が起こるんですかね……」

音次郎は眉をひそめた。

「うむ……」

半兵衛は、厳しさを滲ませた。

刻は過ぎ、両国広小路の賑わいは続いた。

「音次郎……」

半兵衛は一方を示した。

呉服屋『大角屋』の番頭の良造が、風呂敷包みを持ってやって来た。

「番頭の良造です……」

「ああ。何しに来たのか……」

半兵衛は、良造を見守った。

良造は、両国橋西詰《にしづめ》の袂の行商人や待ち合わせの人たちの間に佇み、厳しい面持ちで周囲を見廻した。

誰かを待っている……。

半兵衛は睨んだ。

「旦那、親分です……」

音次郎が、良造を尾行て来た半次を示した。

「呼んできな」

「はい……」

音次郎は、半次の許に走った。

良造は、風呂敷包みを手にして佇み続けた。

博奕打ちたちは、それとなく良造の周囲を固めた。

万平と二人の浪人は、緊張した面持ちで良造を見守っていた。

「旦那……」

半次が駆け寄って来た。

「おう。良造、どうやら誰かに呼び出されたようだな……」

「ええ。風呂敷包みは金かもしれません」

半次は睨んだ。

「で、万平たちを雇い、見張らせているか……」

「きっと。それにしても誰が何処から来るのか……」

半次は、眉をひそめて雑踏《ざっとう》を見廻した。

良造は、両国橋の袂、大川の船着場《ふなつきば》への石段を背にして佇み続けた。

「そうか……」

半兵衛は気付いた。

「半次、音次郎、此処で見張りを続けてくれ、俺は笹舟《ささぶね》に行って来る」

半兵衛は、半次と音次郎に云い残して神田川に架かる柳橋《やなぎばし》に急いだ。

「笹舟ですか……」

音次郎は戸惑った。

「旦那、良造の待ち人は船で来ると睨んだ」

「船ですか……」

「ああ……」

半次は、両国橋の袂に佇んでいる良造を見張った。

刻は過ぎた。

大川の向こう岸の回向院《えこういん》の鐘の音が、風に乗って微《かす》かに聞こえた。

午《うま》の刻九つ(正午)の鐘の音だ。

半次と音次郎は、良造を見詰めた。

良造は、緊張した面持ちで眼の前を行き交う人々を見詰めた。

万平と二人の浪人、四人の博奕打ちたちは良造に近づく者を警戒した。

「あっ……」

音次郎は、思わず声をあげた。

菅笠《すげがさ》を被《かぶ》った男が良造の背後に現れ、風呂敷包みを奪い取った。

良造は驚いた。

警戒していた四人の博奕打ちは、良造の許に走った。

菅笠を被った男は、奪い取った風呂敷包みを持って両国橋の下の船着場に続く石段を駆け降りた。そして、猪牙舟《ちょきぶね》に飛び乗った。

船頭は、猪牙舟を素早く船着場から離した。

四人の博奕打ちたちが、慌てて船着場に続く石段を駆け下りた。

しかし、菅笠を被った男を乗せた猪牙舟は、船足《ふなあし》を上げて大川を下り始めた。

船着場の端に繫《つな》がれていた猪牙舟が続いた。

猪牙舟は、船宿『笹舟』の船頭の伝八《でんぱち》が漕《と》ぎ、舳先《へさき》には褞袍《どてら》を羽織った半兵衛が乗っていた。

三

番頭の良造は、菅笠を被った男の乗った猪牙舟を追って両国橋の上に走った。

そして、両国橋から大川を去って行く猪牙舟を悔しげに見送った。

「良造さん……」

貸元の万平と二人の浪人が、良造に駆け寄った。

「貸元……」

良造は、腹立たしげに万平を一瞥《いちべつ》した。

「うちの者たちが、船を仕立てて追いましたんで……」

万平は、出し抜かれた恥ずかしさと悔しさに顔を歪《ゆが》めていた。

「良造たち、まんまと出し抜かれやがった」

半次は、良造と万平たちを嘲笑《ちょうしょう》した。

「ですが親分、菅笠を被った野郎、何処に行くんですかね」

音次郎は眉をひそめた。

「そいつは、半兵衛の旦那が見届けて来るよ」

半次は、半兵衛が船宿『笹舟』の舟で菅笠を被った男の乗った猪牙舟を追ったと睨んでいた。

「半兵衛の旦那が……」

「ああ。俺たちは良造と万平たちがどうするか見届ける」

「はい……」

半次と音次郎は、良造と万平たちを見守った。

冬の大川の流れは鈍色《にびいろ》に輝き、様々な船が行き交っていた。

伝八の漕ぐ猪牙舟は、半兵衛を舳先に乗せて菅笠を被った男の乗る猪牙舟を追った。

「半兵衛の旦那、後を尾行るだけで良いんですかい……」

伝八は、野太い声で尋ねた。

「うん。気付かれないように頼むよ」

「あっちは素人《しろうと》に毛の生えたような船頭です。お任せを……」

伝八は笑い、菅笠を被った男の乗った猪牙舟を巧《たく》みに追った。

流石《さすが》は江戸で指折りの船頭だ。

半兵衛は感心した。

伝八は、岡っ引柳橋の弥平次《やへいじ》の営む船宿『笹舟』の船頭の親方であり、半兵衛と親しい仲だった。

半兵衛が船宿『笹舟』に駆け込んだ時、偶々《たまたま》居合わせた伝八は直《す》ぐに猪牙舟を仕立ててくれた。

菅笠を被った男の乗った猪牙舟は大川を横切り、御舟蔵《おふなぐら》の傍を抜け、新大橋《しんおおはし》を潜って深川小名木川《ふかがわおなぎがわ》に入った。

伝八の猪牙舟は続いた。

深川小名木川は、本所竪川《ほんじよたてかわ》と並んで大川から下総中川《しもうさなかがわ》に続いている。

菅笠を被った男の乗った猪牙舟は、小名木川を進んだ。

伝八の猪牙舟は充分な間隔を取り、櫓《ろ》の軋《きし》みも立てず滑るように追った。

菅笠を被った男の乗った猪牙舟は、小名木川を進んで横川《よこかわ》を南に曲がった。そして、仙台堀《せんだいぼり》と交差する角にある久永町《ひさながちょう》の船着場に船縁《ふなべり》を寄せた。

菅笠を被った男は船着場に降り、船頭が猪牙舟を係留《けいりゅう》するのを待った。

伝八は、猪牙舟をゆっくりと進めた。

菅笠を被った男と船頭は、船着場から岸辺に上がって行った。

「伝八……」

「合点だ」

伝八は、半兵衛を乗せた猪牙舟を素早く船着場に漕ぎ寄せた。

半兵衛は、縕袍を脱ぎ棄《す》てて船着場に降り、岸辺に駆け上がった。

菅笠を被った男と船頭は、大きな家に廻された板塀《いたべい》の木戸を入って行った。

辛《かろ》うじて見届けた……。

半兵衛は、微かな安堵を浮かべた。

傍の木置場《きおきば》からは材木の匂いが漂い、横川を挟んだ冬枯れの田畑には旋風《つむじかぜ》が土煙《つちけむり》を巻き上げていた。

呉服屋『大角屋』の番頭の良造は、博奕打ちの貸元本願寺の万平たちと別れ、両国広小路から神田鍛冶町の店に帰った。

半次は、音次郎に良造を追わせ、貸元の万平たちを見守った。

万平は、手下の博奕打ちたちに舟を調達させ、大川の下流に菅笠を被った男の乗った猪牙舟を探させた。だが、既に刻は過ぎており、見付かる筈《はず》はなかった。

半次は、両国広小路から神田川に架かっている柳橋を渡り、船宿『笹舟』を訪れた。

「御免《ごめん》なすって……」

半次は、船宿『笹舟』の土間《どま》に入った。

土間の大囲炉裏には、炭が赤く熾《お》きていて温かかった。

「あら、半次の親分……」

お糸《いと》が奥から出て来た。

「やあ。お糸ちゃん、うちの旦那が来た筈ですが、どうしました」

半次は、船宿『笹舟』の弥平次おまき夫婦の養女で若女将のお糸に尋ねた。

「伝八の親方の猪牙で出掛けましたよ」

お糸は土間に降り、大囲炉裏に掛かっている湯沸かしの湯で茶を淹《い》れ始めた。

「そうか……」

睨み通り、半兵衛は菅笠を被った男の乗った猪牙舟を追ったのだ。

「ええ。どうぞ……」

お糸は、淹れた茶を半次に差し出した。

「ありがたい。戴《いただ》きます」

半次は、温かい茶を飲んだ。

「で、親分、何かあったんですか……」

お糸は尋ねた。

「来ましたかい、人相の悪い奴らが舟を借りに……」

「ええ。でも、舟も船頭も出払っていると断りましたよ」

お糸は笑った。

「そうですか。流石はお糸ちゃんだ……」

半次は茶を飲み、笑った。

「おう。やっぱり来ていたかい。半次の親分……」

船頭の親方の伝八が入って来た。

「やあ。伝八の親方。うちの旦那は……」

「うん。深川は久永町で待っているぜ」

「そうですかい……」

半次は頷いた。

半兵衛は、菅笠を被った男の行き先を突き止めたのだ。

「親方、どうぞ……」

お糸は、伝八に温かい茶を淹れて出した。

「ありがてえ。半次の親分、茶を飲んだら案内するよ」

伝八は、温かい茶を音を立てて啜った。


深川久永町には、木置場から木遣歌《きやりうた》が響いて来ていた。

半兵衛は、久永町の自身番を訪れて板塀の廻された大きな家について尋ねた。

板塀の廻された大きな家は潰《つぶ》れた料理屋であり、今は川越《かわごえ》の絹織物問屋の持ち物になっていた。

「ほう。川越の絹織物問屋の持ち物か……」

「はい。普段は留守番の千吉《せんきち》さんとおまちさん夫婦が暮らしていましてね。時々、川越から商いに来る旦那や番頭さんたちが宿にしていますよ」

自身番の店番は告げた。

「そうか。して、あの家に何か変わった事はないのかな……」

「変わった事ですか……」

店番は首を捻った。

「うん……」

「そう云えば去年、家の前を通った時、微かな煎《せん》じ薬《ぐすり》の匂いを嗅いだ覚えがありますか……」

「煎じ薬の匂い……」

半兵衛は眉をひそめた。

「ええ……」

「そいつは、去年の夏からかな……」

半兵衛は、呉服屋『大角屋』の吉兵衛が去年の夏に死んだとされたのを思い出した。

「ええ。確か夏からだと思いますよ」

「そうか。じゃあ、此《こ》の辺《あた》りで往診を頼むとしたら何処の医者かな……」

「そりゃあ、三十三間堂町《さんじゆうさんげんどうちよう》の弦石《げんせき》先生です」

「弦石先生……」

「ええ。良かったら御案内しますよ」

店番は告げた。

「そいつは助かる……」

半兵衛は微笑《ほほえ》んだ。

深川三十三間堂町は、富ケ岡八幡宮《とみがおかはちまんぐう》・永代寺《えいたいじ》の東側にあった。

半兵衛は、自身番の店番に案内されて三十三間堂町に入った。

「此処ですよ……」

店番は、『半井施療院《なからいせりよういん》』と書かれた看板の掛かった家に半兵衛を案内した。

「うん。造作《ぞうさ》を掛けたね」

半兵衛は、店番に礼を云って『半井施療院』を訪れた。

町医者の半井弦石は、半兵衛の訪問に戸惑いを浮かべた。

半兵衛は、去年の夏に大川で溺れたお店の旦那を診察しなかったか尋ねた。

「溺れたお店の旦那ですか……」

弦石は眉をひそめた。

「ええ。診察しませんでしたか……」

「さあ、どうでしたか……」

弦石は、半兵衛から眼を逸《そ》らした。

惚《とぼ》けようとしている……。

半兵衛の勘が囁いた。

「思い出せませんか、弦石先生……」

「ええ。思い出せないねえ……」

弦石は、狡猾《こうかつ》な笑みを浮かべた。

「じゃあ、思い出せるように大番屋《おおばんや》に来て貰《もら》っても良いんですがね」

半兵衛は笑い掛けた。

「大番屋……」

弦石は、怯えを滲ませた。

「ええ。大番屋は静かですからね。思い出すまでいてくれても構いませんし、何なら思い出すお手伝いもしますよ。道具もいろいろありますし、如何ですか……」

半兵衛は、笑顔で脅した。

「お、お役人……」

弦石は、半兵衛の笑顔に隠された言葉の意味に気が付き、声を引き攣《つ》らせた。

「さあ、どうします」

「診ました。診察しました……」

弦石は項垂《うなだ》れた。

「去年の夏、酒に酔って溺れたお店の旦那をですな……」

「ええ。ですが……」

弦石は、怯えを過《よ》ぎらせた。

「ですが、何ですか……」

半兵衛は聞き返した。

「お店の旦那は溺れていただけではなく、腹を刺されていた」

「腹を刺されていた……」

「ええ……」

弦石は頷いた。

呉服屋『大角屋』主の吉兵衛は、腹を刺されて大川に落ちて溺れた。

半兵衛は知った。

「して、その旦那を助けたのは誰かな」

「良く知らぬが、久永町の潰れた料理屋の持ち主で、船遊びをしていた時に見付けて助け、私に往診を頼んで来た」

「それで、お店の旦那は……」

「辛うじて命は取り留めました……」

弦石は告げた。

「助かったのか……」

呉服屋『大角屋』主の吉兵衛は助かっていた。

半兵衛は知った。

「で、そのお店の旦那、どうしたのだ」

「そいつがお役人、お店の旦那、命は助かったものの、寝たきりになりましてね」

「寝たきり……」

半兵衛は眉をひそめた。

「ええ。おまけにお店の旦那、自分の名前も何処の誰かもを忘れ、何も覚えちゃあいなかった……」

弦石は、溜息を吐《つ》いた。

「自分の名前も何処の誰かも覚えていない……」

半兵衛は驚いた。

「左様。頭を激しく打ったり、思いも寄らぬ事が起きた時、何もかも忘れてしまう事があると聞く……」

「成る程。で、そいつは治らないのかな」

「それが薬では治らぬが、ひょんな事で不意に治る事もあるそうだ……」

「そうか。して、そのお店の旦那、今でも潰れた料理屋の世話になっているのか……」

「だと思いますが……」

弦石は、お店の旦那が今どうしているかは知らなかった。

「で、弦石先生、潰れた料理屋の持ち主に口止め料、幾《いく》ら貰ったのかな……」

半兵衛は、弦石を見据えた。

「十両……」

弦石は、顔を歪めた。

「ならば弦石先生、此《これ》からも黙っているんですな」

半兵衛は苦笑した。


木置場には掘割《ほりわり》が縦横《じゅうおう》に巡らされ、丸太が山に積まれていた。

半兵衛は、久永町の板塀を廻された潰れた料理屋に戻った。

「旦那……」

潰れた料理屋の傍に横川があり、架かっている福永橋《ふくながはし》の袂に半次がいた。

「おう。来たか……」

「此処に入ったんですか、菅笠の野郎」

半次は、潰れた料理屋を眺めた。

「ああ……」

半兵衛は、福永橋を渡った処にある古い一膳飯屋《いちぜんめしや》に向かった。

半次は続いた。

古い一膳飯屋は木場人足《きばにんそく》たちが主な客であり、昼飯時が過ぎてからは暇なようだった。

半兵衛と半次は、老夫婦の営む古い一膳飯屋の窓辺に座って酒と肴《さかな》を頼んだ。

「で、良造と万平たちはどうした……」

「まんまと出し抜かれ、万平たちは慌てて舟を探していましたよ。良造は音次郎が追いましたが、おそらく大角屋に帰った筈です」

半次は告げた。

「そうか……」

「で、旦那の方は……」

「そいつがな半次、大角屋の主の吉兵衛、大川に落ちて流され、助けられていたよ」

半兵衛は、酒を飲みながら告げた。

「助けられていた……」

半次は、猪口《ちょこ》を持つ手を口元で止めた。

「で、吉兵衛、助けられた時、腹を刺されていた……」

半兵衛は酒を飲んだ。

「刺されていた……」

半次は驚いた。

「ああ……」

半兵衛は、町医者半井弦石から訊き出した事を半次に教えた。

「命は取り留めても、寝たきりになり、自分が何処の誰かも忘れてしまうなんて……」

半次は、吉兵衛を哀れんだ。

「うむ。気の毒なもんだ……」

「じゃあ旦那。吉兵衛の旦那は腹を刺されて大川に落とされたんですね」

「ああ。半次、去年の夏、吉兵衛が大川に落ちたのは、酔って誤っての事じゃなく、刺されて突き落とされた」

「じゃあ、一緒に屋根船に乗っていた番頭の良造が……」

半次は読んだ。

「おそらくな……」

「で、吉兵衛を助けた連中がそいつに気が付き、幽霊に化けて脅し、良造に強請《ゆすり》を掛けたって寸法ですか……」

半次は読んだ。

「うむ……」

「それにしても旦那、吉兵衛の旦那を助け、良造に強請を掛けた奴ら、何者なんですかね」

半次は眉をひそめた。

「分からないのはそこだ。ま、何《いず》れにしろ素人じゃあるまい……」

半兵衛は睨んだ。

「ええ。玄人《くろうと》も玄人、強《したた》かな奴らですよ」

半次は、厳しさを過ぎらせた。

「うむ。潰れた料理屋には、留守番の千吉とおまちと云う夫婦がいるそうだが、肝心なのは時々来る川越の絹織物問屋の主の正体だ」

「はい……」

「そして、寝たきりになった大角屋の吉兵衛が生きているのかどうか……」

半兵衛は、窓の障子を開けて横川の向こうにある潰れた料理屋を眺めた。

板塀を廻された潰れた料理屋は、夕暮れ時の静けさに覆《おお》われていた。

呉服屋『大角屋』の吉兵衛は、潰れた料理屋に未だ寝たきりで生きているのか……。

潰れた料理屋の持ち主である川越の絹織物問屋の主とは何者なのか……。

そして、吉兵衛を刺して大川に落としたのは番頭の良造なのか……。

その背後に秘められているものは何か……。

確かめなければならない事はいろいろある。

「さあて、何からやりますか……」

半次は、半兵衛の指図を待った。

「うん。先《ま》ずは吉兵衛が生きているかと、川越の絹織物問屋の主だ……」

半兵衛は決めた。

半次は、呉服屋『大角屋』の番頭の良造に音次郎を張り付けたままにする事にした。

半兵衛と半次は、古い一膳飯屋の納屋《なや》を借りて見張り場所にした。

潰れた料理屋には、少なくとも留守番の千吉とおまち夫婦、菅笠を被った男、猪牙舟の船頭の四人がいる筈だ。

半次は、一膳飯屋の老夫婦に留守番の千吉がどのような男か尋ねた。

小肥り……。

千吉は小肥りな中年男であり、呉服屋『大角屋』の吉兵衛と姿形が似ているようだ。

半兵衛と半次は、千吉が吉兵衛の幽霊に扮《ふん》して呉服屋「大角屋」を脅したと睨んだ。

「旦那……」

半次が、仙台堀から来た屋根船が福永橋の船着場に着くのを示した。

半兵衛は、半次と共に見守った。

初老のお店の旦那風の男が屋根船から船着場に降り、辺りを鋭く見廻した。その姿は背が高く鶴のように痩せており、頬は薄くて細い眼をしていた。

「何処かで見た顔ですね」

半次は眉をひそめた。

「ああ。関八州取締出役《かんはっしゅうとりしまりしゅつやく》から廻って来た人相書《にんそうがき》で見た顔だ」

「じゃあ……」

半次は緊張した。

「確か蝮《まむし》の長三郎《ちょうざぶろう》って盗賊だ……」

半兵衛は、不敵な笑みを浮かべた。

四

潰れた料理屋の持ち主である川越の絹織物問屋の主は、盗賊の蝮の長三郎だった。

半兵衛は、北町奉行所吟味方与力《ぎんみかたよりき》の大久保忠左衛門《おおくぼちゅうざえもん》に報せた。

大久保忠左衛門は、定町廻り同心《じょうまちまわりどうしん》の風間鉄之助《かざまてつのすけ》に捕り方《とかた》を率いて木置場に行き、半兵衛の下知《げち》に従えと命じた。

風間鉄之助は、捕り方たちの動きを盗賊の蝮の長三郎一味に気付かれるのを恐れ、寄棒《よりぼう》、袖搦《そでがらみ》、刺股《さすまた》を始めとした捕物道具を大八車《だいはちぐるま》で纏《まと》めて深川木置場に運ばせた。そして、捕り方たちにそれぞれ深川木置場に行けと命じた。

半兵衛は、深川木置場で風間鉄之助と捕り方たちを迎えた。

盗賊蝮の長三郎一味を一気に始末する。

半兵衛は、風間鉄之助と捕り方たちに盗賊の蝮の長三郎一味が女を入れて六人だと教えた。そして、風間鉄之助に捕り方の半分を率いて潰れた料理屋の裏に廻《まわ》るように命じた。

「半兵衛さん、手向かう奴らに容赦《ようしゃ》は要りませんね」

風間は、鉄芯《てっしん》入りの半棒《はんぼう》を唸《うな》らせた。

半棒とは、六尺棒の半分の三尺の長さだ。

「ああ。容赦は要らぬ。只《ただ》、寝たきりの病人がいるかもしれない。もしいたら、直ぐに保護してくれ」

「心得ました」

風間は薄笑いを浮かべ、捕り方の半分の人数を従えて裏に廻った。

「半次、お前は吉兵衛を捜すんだ」

半兵衛は命じた。

「承知……」

半次は頷いた。

「よし。行くよ」

「はい。じゃあ……」

半次は、木戸門に駆け寄って蹴破《けやぶ》った。

捕り方たちが雪崩《なだ》れ込んだ。

半兵衛と半次は、潰れた料理屋に踏み込んだ。

「何だ……」

蝮の長三郎を乗せて来た屋根船の船頭と良造から金を奪った菅笠の男が、怪訝な面持ちで奥から店の帳場に出て来た。

捕り方たちが素早く取り囲んだ。

町奉行所の捕物は、一人に対して数人で立ち向かい、生かして捕らえるのが役目だ。

船頭と菅笠の男は、慌てて長脇差《ながわきざし》や匕首《あいくち》を抜いた。

半兵衛は十手を唸らせた。

船頭と菅笠の男は、鋭く打ち据えられて床に叩き付けられた。

捕り方たちは、床に叩き付けられた二人に殺到し、寄棒で殴り、刺股や袖搦で押さえ付けて縄を打った。

半兵衛と半次は、奥の座敷に向かった。

裏手に風間鉄之助の怒声《どせい》が響き、台所から男と女の悲鳴が上がった。

半兵衛は座敷に踏み込み、半次は吉兵衛を捜して奥に走った。

座敷には、痩せた背の高い蝮の長三郎と小肥りの千吉が立ち竦《すく》んでいた。

開け放たれた障子の向こうの庭には、捕り方たちが身構えていた。

「蝮の長三郎と千吉だね……」

半兵衛は、長三郎と千吉を見据えた。

長三郎と千吉は、裏に逃げようとした。

風間が現れ、血の滴《したた》る半棒を持って行く手を塞《ふさ》いだ。

「北町奉行所だ。神妙にするんだね」

半兵衛は、笑い掛けた。

「煩《うる》せえ……」

長三郎は、長脇差で半兵衛に斬り掛かった。

半兵衛は十手で長脇差を弾き、長三郎を蹴り飛ばした。

長三郎は、風間の傍に飛ばされた。

風間は薄笑いを浮かべ、容赦なく半棒を唸らせた。

長三郎は、右肩を厳しく打ち据えられ、長脇差を落として沈んだ。

捕り方たちは、倒れた長三郎を十重二十重《とえはたえ》に押さえ付けて縄を打った。

「お、親分……」

千吉は、小肥りな身体を小刻みに震わせた。

「此迄《これまで》だよ、千吉……」

半兵衛は、千吉を厳しく見据えた。

千吉は匕首を落とし、その場にへたり込んだ。

捕り方が縄を打った。

「半兵衛さん、台所で女と男をお縄にしましたよ」

風間は、裏の台所から踏み込んだ時、居合わせたおまちと猪牙舟の船頭を捕らえていた。

「そうか。御苦労だったな。此の千吉は私が預かるが、蝮の長三郎たちは任せる。大番屋に引き立てて好きに詮議《せんぎ》をするんだな」

「心得ました。よし、蝮の長三郎と一味の者共を大番屋に引き立てろ」

風間は命じた。

捕り方たちは、蝮の長三郎と一味の者たちを乱暴に引き立てて行った。

「旦那……」

半次が奥からやって来た。

「どうだ……」

「そいつが何処にも……」

半次は首を横に振った。

「いないのか……」

半兵衛は眉をひそめた。

呉服屋『大角屋』の主吉兵衛は、潰れた料理屋にいなかった。

「はい。ですが此の羽織がありました」

半次は、紺色の羽織を差し出した。

それは、呉服屋『大角屋』の前に現れた吉兵衛の幽霊が着ていた紺色の羽織だった。

「千吉、此の羽織は誰の物だ……」

「さあ……」

千吉は、不貞腐《ふてくさ》れたように惚けた。

「惚けるんじゃあない……」

半兵衛は、千吉の頬を張り飛ばした。

千吉は、横倒しになった。

「千吉、お前が吉兵衛の幽霊に化けて呉服屋大角屋を彷徨《うろつ》き、みんなを脅していたのは露見しているんだよ」

半兵衛は、楽しそうに笑った。

千吉は項垂れた。

「で、吉兵衛はどうした……」

「吉兵衛は、今年の秋に死にました」

千吉は告げた。

吉兵衛は、今年の秋に死んだ。

「千吉、嘘偽りはないだろうな」

半次は、千吉の膝に十手を突き立てた。

「ほ、本当です……」

千吉は、痛みに顔を歪めた。

「そうか、吉兵衛は死んだか……」

半兵衛は念を押した。

「はい……」

千吉は、顔を歪めて頷いた。

「よし、千吉、大川で吉兵衛を助けた時からの事を詳しく話して貰おうか……」

半兵衛は腰を据えた。

半次は、千吉の膝に立てた十手を外した。

千吉は、吐息を洩らした。

「千吉……」

半次は、千吉を促した。

「は、はい。去年の夏、長三郎の親分と大川で船遊びをしていた時、流されて来たお店の旦那を見付けましてね。それで助けあげたら腹を刺されていて、直ぐに医者に診せて辛うじて助かったんですが……」

千吉は語り始めた。

吉兵衛は、金唐革《きんからかわ》の紙入れと煙草入れ、それに五両の金を持っていた。そして、意識を取り戻した時、吉兵衛は己の名も身許《みもと》も忘れていた。

蝮の長三郎は、吉兵衛が大店の旦那だと睨み、何《い》れは金儲けに利用する気で千吉とおまち夫婦に面倒を見るように命じた。その後、吉兵衛は腹を刺された傷が悪化し、寝たきりになった。

吉兵衛は、己の名も身許も忘れたまま寝たきりになり、そのまま一年が過ぎて今年の秋に息を引き取った。

息を引き取る間際、吉兵衛は辛うじて己の名と身許を思い出した。

名が吉兵衛であり、呉服屋『大角屋』の主である事……。

そして、自分を刺して大川に突き落とした者が誰かも……。

「そいつは、番頭の良造だね……」

半兵衛は問い質《ただ》した。

「ええ。番頭の良造です。それで、お頭が吉兵衛の幽霊に化けて呉服屋大角屋に忍び込み、探ってみろと……」

千吉は、盗賊の頭の蝮の長三郎に命じられて吉兵衛の幽霊に扮し、呉服屋『大角屋』に忍び込んだ。そして、吉兵衛の持ち物を残して脅し、番頭の良造の身辺《しんぺん》を探った。

「で、番頭の良造がどうして旦那の吉兵衛を刺して殺そうとしたのか分かったのか……」

「はい……」

千吉は、嘲《あざけ》りを滲ませた。

「ひょっとしたら、そいつは良造とお内儀のおきぬが情を交わしているからかな」

半兵衛は睨んだ。

「えっ……」

千吉は驚いた。

「どうやら図星のようだな」

半兵衛は苦笑した。

呉服屋『大角屋』お内儀のおきぬは、番頭の良造と不義密通《ふぎみっつう》を働いていた。そして、邪魔な旦那の吉兵衛を始末したのだ。

半兵衛は、呉服屋『大角屋』の幽霊騒ぎの裏に隠されていたものを知った。

「で、千吉。お前たちはお内儀のおきぬと良造に黙っていて欲しければ金を出せと脅したのだな……」

半兵衛は読んだ。

「はい……」

「幾らだ……」

「二百両です……」

「二百両か。両国橋の袂に呼び出し、舟で行って背後に現れ、奪い取ったか……」

半兵衛は読んだ。

「旦那……」

千吉は驚いた。

半兵衛は、何もかも知っているのだ。

「千吉、冬の幽霊は何かと目立つ。出るなら時を選ぶんだったな」

半兵衛は笑った。

冬の幽霊が半兵衛を動かした……。

千吉は気が付き、がっくりと項垂れた。

「お前たち盗賊蝮の長三郎一味がいろいろ小細工《こざいく》をしてくれたお陰で呉服屋大角屋に隠されていた事が露見した。礼を云うよ」

半兵衛は、皮肉っぽく笑った。

「処で千吉、吉兵衛の死体はどうしたんだ」

「庭の隅に……」

千吉は、庭の隅に視線を送った。

視線の先の庭の隅には、石の置かれた小さな土饅頭《どまんじゅう》があった。

神田鍛冶町の呉服屋『大角屋』は、いつもと同じに賑わっていた。

音次郎は、見張り続けていた。

「音次郎……」

半兵衛が、風呂敷包みを持った半次とやって来た。

「旦那、親分……」

音次郎は迎えた。

「御苦労だな。して、良造は……」

半兵衛は音次郎を労《ねぎら》い、番頭の良造の動きを尋ねた。

「朝から忙しく働いています」

「そうか……」

「じゃあ旦那……」

半次は促した。

「うん。音次郎、一緒に来な……」

半兵衛は、呉服屋『大角屋』に向かった。

「はい……」

音次郎は、呉服屋『大角屋』に向かう半兵衛と半次に続いた。

「邪魔するよ」

半兵衛は、呉服屋『大角屋』の暖簾を潜った。

呉服屋『大角屋』の店内には、客たちが番頭や手代を相手に反物《たんもの》や着物を選んでいた。

「あの、何でしょうか……」

手代の松吉が、怪訝な面持ちで迎えた。

「うん。一番番頭の良造さんにちょいと逢いたいんだがね」

半次は笑い掛けた。

「はい。ちょいとお待ち下さい」

松吉は、框《かまち》に上がって奥に報せに行った。

半兵衛は框に腰掛け、半次や音次郎と松吉が戻って来るのを待った。

「お待たせ致しました……」

松吉は、直ぐに戻って来た。

「こちらにどうぞ……」

松吉は、半兵衛、半次、音次郎を座敷に誘った。

呉服屋『大角屋』の座敷は、賑わっている店とは違って静かだった。

半兵衛、半次、音次郎に茶が出され、番頭の良造がやって来た。

「お待たせ致しました。一番番頭の良造にございます」

良造がやって来た。

「やあ。私は北町奉行所臨時廻り同心の白縫半兵衛。こっちは岡っ引の半次と音次郎だ」

半兵衛は告げた。

「はい。して白縫さま、手前共に何か……」

良造は、半兵衛に緊張した眼差しを向けた。

「うん。こんな物が見付かってね……」

半次は、風呂敷包みから紺色の羽織を出して見せた。

「こ、これは……」

良造は、紺色の羽織を見て微かな怯えを過ぎらせた。

「去年の夏、大川に落ちて死んだ筈の吉兵衛旦那の羽織かな」

半兵衛は、良造を見据えた。

「さあ、紺色は旦那さまのお好きな色にございますが、旦那さまのものかどうかは分かりかねます」

良造は、微かに声を震わせた。

「分からないか……」

「はい……」

良造は頷いた。

「そうか。実は良造、此の羽織の持ち主は去年の夏の夜、腹を刺され、大川に突き落とされてね……」

半兵衛は、良造の様子を窺った。

良造の顔が歪んだ。

「だが、辛うじて助かった……」

「助かった……」

良造は顔を歪め、嗄《しやが》れ声を引き攣らせた。

「うむ。そして良造、お前に刺されて……」

「知りません。手前は何も知りません」

良造は、嗄れ声を震わせて半兵衛の言葉を遮《さえぎ》った。

「良造、今更惚けても無駄だよ。お前がそれで二百両もの金を脅し取られたのは分かっているんだ」

半兵衛は苦笑した。

刹那《せつな》、良造は座敷から逃げようとした。

音次郎が飛び掛かった。

「神妙にしやがれ……」

音次郎は、抗《あらが》う良造を殴った。

半次が、倒れた良造を押さえ付けた。

「良造、お前が吉兵衛を刺して大川に突き落としたんだね」

半兵衛は、半次と音次郎に押さえられている良造を厳しく見据えた。

良造は、恐怖に激しく震えた。

「そいつは、お内儀のおきぬと示し合わせての所業《しょぎょう》だね」

「ち、違う。お内儀さんは拘《かか》わりない。私が一人でやったんだ。私が一人で
……」

良造は、お内儀のおきぬを庇《かば》った。

「良造、お前はおきぬが遠縁の吉兵衛を婿養子に迎える前から、おきぬと秘かに情を交わしていた……」

半兵衛は読んだ。

「違う……」

良造の声に力はなく、嗄れて震えるばかりだった。

「お役人さま、仰《おつしや》る通りです……」

年増《としま》のお内儀が入って来た。

「お内儀さん……」

良造は狼狽《うろた》えた。

「お前さんが大角屋のお内儀のおきぬかい……」

半兵衛は微笑んだ。

「はい。大角屋おきぬにございます」

おきぬは半兵衛の前に座り、取り乱しもせずに挨拶をした。

「うむ。で、おきぬ、去年の夏、良造と一緒に主の吉兵衛殺しを企《くわだ》て、良造が手を下したのに間違いはないのだな」

半兵衛は念を押した。

「はい。間違いございません」

おきぬは、半兵衛を見詰めて頷いた。

「お、お内儀さん……」

良造は、嗄れ声を激しく引き攣らせた。

「もう良いんですよ、良造……」

おきぬは、良造に微笑み掛けた。

「お、おきぬ……」

良造は項垂れた。

「よし。おきぬ、良造、主殺《しゅうごろ》しで大番屋に来て貰うよ」

半兵衛は告げた。

「主殺し……」

おきぬは眉をひそめた。

「ああ。大角屋吉兵衛は去年の夏、良造に腹を刺されて大川に落された。そして、辛うじて命を取り留めたが寝たきりになり、今年の秋に死んだそうだ」

半兵衛は教えた。

「今年の秋に死んだ……」

おきぬは呟いた。

「ああ。一年後の今年の秋にね……」

「じゃあ幽霊は……」

「本物かもしれないな……」

半兵衛は笑った。

盗賊蝮の長三郎と千吉たち一味の者は、磔獄門《はりつけごくもん》の仕置《しおき》とされた。

風間鉄之助は、思わぬ手柄を立てて喜んだ。

おきぬと良造は不義密通を働き、主の吉兵衛を殺した罪で仕置され、呉服屋『大角屋』は闕所《けつしよ》となった。

世間は、吉兵衛の幽霊が現れて恨みを晴らしたと囁き合った。

「旦那、良いんですか、幽霊の手柄にしちまって……」

音次郎は、不服げに頰を膨らませた。

「良いじゃあないか音次郎、世の中には私たちが知らん顔をした方が良い事がある。幽霊の手柄にすれば、死んだ吉兵衛も浮かばれるさ……」

半兵衛は笑った。

「そうかなあ……」

音次郎は、首を捻って納得しなかった。

「いいじゃあないか、冬の幽霊も乙なものだ」

半兵衛は笑った。

木枯しが吹き抜け、半兵衛は襟元を合わせて身を縮めた。

冬の幽霊騒ぎは終わった……。

第二話　隠居の初恋

一

冷たい風が吹き抜け、外濠《そとぼり》の水面《みなも》に幾つもの小波《さざなみ》が走っていた。

北町奉行所は、外濠呉服橋御門《ごふくばしごもん》内にあった。

臨時廻り同心の白縫半兵衛は、岡っ引の本湊の半次と下っ引の音次郎を北町奉行所表門脇の腰掛《こしかけ》に待たせ、同心詰所《つめしょ》に向かった。

当番同心に顔を見せ、直ぐ見廻りに行く……。

半兵衛は、そう決めて同心詰所に入った。

「おはよう……」

「遅いぞ、半兵衛……」

吟味方与力の大久保忠左衛門の甲高い声が投げ掛けられた。

半兵衛は戸惑った。

何故、忠左衛門が同心詰所にいる……。

「此《これ》は大久保さま……」

「直ぐに儂《わし》の用部屋《ようべや》に参れ」

忠左衛門は云い残し、性急《せいきゅう》に足音を鳴らして同心詰所から出て行った。

半兵衛は、思わず苦笑した。

「此処で苛々《いらいら》しながら四半刻《しはんとき》（三十分）も待っていたんです。早く行ったほうが良いですよ」

当番同心は、気の毒そうに笑った。

「そうか……」

又、面倒な事を押し付けるのか……。

半兵衛は、重い足取りで忠左衛門の用部屋に向かった。

「実はな半兵衛……」

忠左衛門は、細く筋張った首を伸ばし、白髪眉《しらがまゆ》をひそめた。

「昨夜、屋敷に我が友、村上左兵衛《むらかみさへえ》の倅《せがれ》の紳一郎《しんいちろう》が来てな」

「はあ……」

半兵衛は、忠左衛門の友の村上左兵衛と倅の紳一郎を知る筈はなかった。

「紳一郎が申すには、父の左兵衛が年甲斐《としがい》のない真似をしているようだと……」

「年甲斐のない真似とは……」

半兵衛は眉をひそめた。

「そいつが女子《おなご》に懸想《けそう》しているらしいのだ」

「女子に懸想……」

半兵衛は戸惑った。

「うむ……」

忠左衛門は、苦虫を嚙み潰したような顔で頷いた。

「大久保さま。村上左兵衛さま、歳は……」

「儂より三歳上だから今年で六十二歳だ」

「ほう。六十二歳ですか……」

「左様。その六十二の村上左兵衛が女子に懸想しているのだ」

「はい……」

「それはそれは……」

女に惚《ほ》れるのに歳は拘わりない……。

半兵衛は微笑んだ。

「何が可笑《おか》しい半兵衛……」

「いえ。して大久保さま、村上さまが懸想したと思われる女子はどのような……」

「知らぬ……」

忠左衛門は、怒ったように云い放った。

「知らぬ……」

半兵衛は訊き返した。

「左様。左兵衛の奴、半年前に妻を病で亡くしたのを機に家督《かとく》を倅の紳一郎に譲り、隠居したと申すのに、年甲斐もなく……」

忠左衛門は、細い筋張った首の喉仏を腹立たしげに上下させた。

「そうですか。して大久保さま、私に何か……」

半兵衛は訊いた。

「決まっている。先ずは左兵衛が本当に女子に懸想しているかどうか見定めるのだ」

忠左衛門は命じた。

「えっ、私がですか……」

「如何《いか》にも、おぬししかおるまい……」

忠左衛門は、半兵衛を睨み付けた。

「はあ。それで……」

半兵衛は覚悟を決め、見定めてからどうするか尋ねた。

「決まっている。もし懸想しているのが真なら、年甲斐のない真似は早々《そうそう》に止めさせる」

「大久保さま。止めさせるかどうかは、懸想した相手がどのような女子か見定めてからでも遅くはありませんよ」

半兵衛は笑った。

神田川の流れは鈍色だった。

半兵衛は、半次や音次郎に大久保忠左衛門の頼みを教えながら昌平橋を渡り、湯島《ゆしま》から本郷《ほんごう》の通りに進んだ。

「へえ。六十過ぎの御隠居さまが女に惚れたんですか……」

音次郎は、面白そうに笑った。

「うむ。可笑しいかな音次郎……」

「えっ。ええ……」

「私は、女《ひと》を好きになるのに歳は拘わりないと思うがね」

半兵衛は微笑んだ。

「音次郎、俺も旦那の云う通りだと思うよ」

半次は頷いた。

「そうですかねえ……」

音次郎は、納得しかねる面持ちで首を捻った。

「ま、音次郎も歳を取れば分かるさ」

半兵衛は、湯島の通りを進んで湯島聖堂《せいどう》の裏手を抜け、湯島四丁目に出た。

「さあて、此の辺りだね……」

半兵衛は立ち止まり、辺りに連なる旗本屋敷を眺めた。

「ちょいと訊いて来ます」

音次郎は、旗本屋敷の表を掃除している下男《げなん》の許に走った。

「おう。頼む……」

半兵衛は、身軽に駆け出して行く音次郎を眩《まぶ》しげに見送った。

「どうかしましたか……」

半次は尋ねた。

「いや。若いってのは良いね」

「ええ……」

半次は微笑んだ。

「旦那、親分、分かりましたよ」

音次郎が駆け戻って来た。

「何処だ……」

「裏通りに入った処の屋敷だそうです」

音次郎は報せた。

「よし……」

半兵衛は、半次や音次郎と裏通りに向かった。

村上屋敷は表門を閉め、静けさに覆われていた。

「主は村上紳一郎、二百石取りの旗本で小普請組《こぶしんぐみ》だ」

半兵衛は、村上屋敷を眺めた。

「で、御隠居は左兵衛さまですか……」

「うん……」

半兵衛は頷いた。

村上屋敷の表は綺麗に掃き清められ、塀の内側には手入れされた庭木が見えた。

落ち着いた雰囲気の屋敷だ……。

半兵衛は、村上屋敷の家風《かふう》を読んだ。

「旦那……」

村上屋敷の潜り戸《くぐりど》が開いた。

半兵衛、半次、音次郎は、素早く路地に隠れた。

村上屋敷の潜り戸から下男が現れ、白髪頭の老武士が着流しに綿入れの袖無し姿で出て来た。

「では御隠居さま、お気を付けて……」

「うむ……」

老武士は、下男に見送られて出掛けて行った。

下男は見送り、屋敷内に戻った。

「隠居の左兵衛さまですね」

「うん。追うよ……」

「はい。じゃあ、あっしが先に……」

半次は、隠居の左兵衛を追った。

半兵衛と音次郎は続いた。


隠居の左兵衛は、妻恋町《つまごいちょう》を抜けて湯島天神に向かった。

半次は、充分な距離を取って巧みに尾行《つけ》た。

「御隠居さま、惚れた女の処に行くんですかね」

「さあ、どうかな……」

半兵衛と音次郎は、半次を追った。

湯島天神は参拝客で賑わっていた。

隠居の左兵衛は、本殿に手を合わせて境内《けいだい》の隅にある茶店に立ち寄った。

「あそこです……」

半次は、後から来た半兵衛に茶店を示した。

左兵衛は、茶店の老亭主と何事か言葉を交わし、縁台に腰掛けて行き交う参拝客を眺めた。

「誰かと待ち合わせですかね」

「女だったりして……」

音次郎は読んだ。

「かもしれないな……」

半兵衛は見守った。

左兵衛は、運ばれた茶を飲み始めた。

僅かな刻が流れた。

茶店の老亭主が、左兵衛に手土産《てみやげ》の包みを持って奥から出て来た。

左兵衛は、金を払って手土産の包みを受け取り、茶店を出た。

茶店には女との待ち合わせではなく、手土産の調達に立ち寄ったのだ。

「さあて、土産を持って何処に行くのか……」

半兵衛、半次、音次郎は、左兵衛を追った。

冬の不忍池《しのばずのいけ》には、水鳥の鳴き声が響いていた。

隠居の左兵衛は、茅町《かやちよう》一丁目の路地の奥にある町家《まちや》に入った。

町家の戸口には、『茶之湯指南』の看板が掛けられていた。

「さあて、此処が女の家ですかね……」

半次は、町家を眺めた。

「きっとな。茶之湯指南か……」

「よし。音次郎、此処を見張っていろ」

半兵衛は命じた。

「はい」

「半次と私は自身番に行って来る」

半兵衛は、音次郎を見張りに残し、半次と自身番に向かった。

音次郎は、物陰に潜んで左兵衛の入った町家を見詰めた。

「ええと、茅町一丁目の路地奥にある茶之湯指南の家ですね……」

自身番の店番は、町内名簿を捲《めく》った。

「うん。主の名前と素性、分かるかな……」

半兵衛と半次は、名簿を捲る店番の返事を待った。

「ああ。ありました。住んでいる茶之湯のお師匠さんは、榎本園江《えのもとそのえ》さんですか……」

店番は告げた。

「榎本園江……」

半兵衛は、村上左兵衛が懸想しているとされる女の名を知った。

「はい。お武家さまの後家《ごけ》のようですね」

「うん。歳の頃は幾つかな」

「ええと、三十半ばですか……」

「三十半ばねえ……」

「じゃあ旦那……」

「うん。頼むよ」

「はい……」

半次は、榎本園江についての聞き込みに向かった。

「して、榎本園江、いつからあそこに住んでいるのかな」

「二年前からですね」

「その時から後家さんだったのかな」

「そうですね……」

「家族は……」

「おりません。一人暮らしですね」

店番は、町内名簿に眼を落としながら告げた。

「そうか。して、茶之湯の師匠としての評判はどうかな……」

「さあ、そこ迄は……」

店番は首を捻った。

「分からないか……」

半兵衛は眉をひそめた。


半次は、榎本園江の家の近所に戻り、それとなく聞き込みを始めた。

榎本園江は、穏やかな人柄で茶之湯の師匠としての評判は良く、旗本御家人の娘や町娘たちの弟子も多かった。

「で、旦那は……」

「御家人でしたが、質《たち》の悪い病に罹《かか》ってお亡くなりになったそうですよ」

通りにある甘味処の女将は、気の毒そうに眉をひそめた。

「そいつは、いつ頃の話ですかい……」

半次は尋ねた。

「さあ。御弟子の娘さんたちの話ですのでそこ迄は分かりませんが、此処に越して来る前でしょうね」

「そうですか……」

半次は、聞き込みを続けた。

村上左兵衛の入った小さな家は、出入りする者もいなく静かだった。

音次郎は見張った。

「どうだ……」

半兵衛が戻って来た。

「変わりはありません」

「そうか。此の家の主は榎本園江、一人暮らしの武家の後家さんで、茶之湯の師匠としては弟子も多く、評判は良いそうだ」

半兵衛は、音次郎に教えた。

「榎本園江さんですか……」

「うん……」

園江の家の戸が開いた。

「音次郎……」

半兵衛と音次郎は、物陰に隠れた。

村上左兵衛が、年増の武家女と一緒に出て来た。

「旦那……」

「うん。榎本園江だね」

半兵衛は、年増の武家女を榎本園江だと読んだ。

左兵衛は、不忍池に向かった。

園江は、俯《うつむ》き加減で左兵衛に続いた。

半兵衛と音次郎は追った。

不忍池の畔《ほとり》には、散り遅れた枯葉が舞っていた。

左兵衛と園江は、畔の小道を西に向かった。

野良犬が向かい側からやって来た。
園江は、犬が嫌いなのか恐ろしそうに左兵衛の背に身を寄せた。
左兵衛は、園江を背に庇って野良犬を見据えた。
野良犬は、左兵衛と園江を迂回《うかい》して擦《す》れ違って行った。
左兵衛と園江は、再び歩き出した。
そこには、長年連れ添った夫婦のような信頼と労《いたわ》り合いが漂っていた。
半兵衛は、穏やかな暖かさを感じると共に微かな戸惑いを覚えた。
左兵衛と園江は、不忍池の畔の小道から根津権現《ねづごんげん》に向かった。
「何処に行くんですかね……」
「さあな……」
半兵衛と音次郎は尾行た。
根津権現から千駄木《せんだぎ》、そして団子坂《だんござか》を抜けて白山権現《はくさんごんげん》……。
左兵衛と園江は進み、白山権現の前に出た。
白山権現は、加賀《かが》一宮《いちのみや》白山神社を勧請《かんじょう》したのが始まりの古社《こしゃ》である。
左兵衛と園江は、白山権現門前町に進んだ。そして、門前町にある薬種問屋《やくしゅどんや》

『秀麗堂《しゅうれいどう》』の暖簾を潜った。

「薬種問屋なら下谷《したや》にも沢山《たくさん》あるのに……」

音次郎は首を捻った。

「そいつは音次郎、此の秀麗堂にわざわざ来る訳があるのだろうな」

「わざわざ来る訳ですか……」

「うん……」

半兵衛は頷いた。

村上左兵衛と園江は、何らかの用があって白山権現門前町の薬種問屋『秀麗堂』にわざわざ来たのだ。

その用とは何か……。

半兵衛は気になった。

「旦那……」

音次郎が『秀麗堂』を示した。

村上左兵衛と園江が、番頭に見送られて出て来た。

「音次郎、御隠居たちをな。私は秀麗堂で二人が何しに来たのか確かめる」

「合点です」

音次郎は、来た道を戻って行く左兵衛と園江を追った。

半兵衛は見送り、薬種問屋『秀麗堂』に向かった。


薬種問屋『秀麗堂』の座敷には、鹿威《ししおど》しの音が響いていた。

半兵衛は、出された茶を飲みながら主の吉右衛門《きちえもん》が来るのを待った。

「お待たせ致しました。秀麗堂の主の吉右衛門にございます」

白髪頭の旦那がやって来た。

「私は北町奉行所の白縫半兵衛、ちょいと訊きたい事があってね」

「はい。何でございますか……」

「うむ。先程、此方《こちら》に村上さまの御隠居、左兵衛さまが来た筈だが……」

「は、はい……」

吉右衛門は、戸惑いを浮かべながら頷いた。

「何の御用で来たのかな……」

「白縫さま……」

「うむ。実は村上さまの御子息がいろいろ心配されていてな。それでな……」

半兵衛は苦笑した。

「それはそれは、左様でしたか……」

吉右衛門は微笑んだ。

「うん。して……」

「はい。村上さまと榎本さまは、石見銀山《いわみぎんざん》の薬包《やくほう》を一つお持ちになりまして……」

「石見銀山……」

「はい。此方《こちら》が二年前に町医者の宗方道斉《むなかたどうさい》さんに売らなかったかとお尋ねになりました」

「して……」

「はい。毒薬の包み紙、手前共は薄紅色《うすべにいろ》の油紙を使っておりましてね。その包み紙でしたので、石見銀山は手前共の売った物だと。それで二年前の毒薬売買の控えを調べた処、村上さまたちが仰る通り、町医者の宗方道斉さまに売っておりました」

「町医者の宗方道斉ですか……」

「はい。神田花房町《はなぶさちょう》に本道医《ほんどうい》の看板を掲げているお医者です」

「ほう。神田花房町から此処に石見銀山を買いにね……」

半兵衛は眉をひそめた。

「はい。毒薬は小さな薬種屋や薬種問屋などには余り売っておりませんので、手前共の店に迄、来たのでしょうな」

「そうですか。して、村上さまの御隠居はそれを聞いて如何しました」

「はい。漸く分かったと喜ばれて、お帰りになられましたが……」

「そうか……」

半兵衛は、左兵衛と園江が白山権現門前町の薬種問屋『秀麗堂』に来た理由を知った。

二

村上左兵衛と園江は、不忍池近くの茅町の家に戻った。

音次郎は見届けた。

「何処に行っていたんだい……」

半次が現れ、榎本園江の家を示した。

「はい。そいつが白山権現前の秀麗堂って薬種問屋に行きましてね」

「白山権現前の薬種問屋……」

半次は眉をひそめた。

「ええ。何しに行ったのかは、半兵衛の旦那が訊いて来ます」

音次郎は告げた。

「そうか……」

「はい……」

「薬種問屋、質の悪い病で亡くなった榎本園江さんの旦那に拘わりあるのかな……」

半次は、厳しい面持ちで園江の家を見詰めた。

園江の家の戸が開いた。

半次と音次郎は、物陰に素早く身を潜めた。

村上左兵衛が、園江に見送られて出て来た。

「ではな、園江どの……」

「はい。呉々《くれぐれ》もお気を付けて……」

「うむ……」

左兵衛は、園江の家を出て明神下の通りに向かった。

「音次郎、此処を頼んだぜ」

半次は、音次郎を残して左兵衛を追った。
明神下の通りは、不忍池と神田川に架かっている昌平橋を結んでいる。
村上左兵衛は、明神下の通りを進んだ。
湯島の屋敷に帰るのなら、明神下の通りの途中にある妻恋坂を上がる筈だ
……。
半次は読んだ。
左兵衛は、妻恋坂を上がらず神田川に向かった。
屋敷に帰らず、他の何処かに行く……。
半次は尾行た。
神田川に出た左兵衛は、昌平橋を渡らずに北岸の道を東に進んだ。
半次は追った。
左兵衛は、神田花房町の裏通りに入り、板塀の廻された家の前に佇んだ。
誰の家だ……。
半次は、左兵衛を見守った。

左兵衛は、板塀の廻された家を窺った。

板塀の廻された家には、町方の年寄りや母子が出入りしていた。

町医者の家か……。

半次は出入りをしている者たちを見て、板塀に囲まれた家を読んだ。

左兵衛は、思い切ったように板塀に囲まれた家に入った。

半次は、板塀の木戸に駆け寄った。

板塀の木戸には、『本道医・宗方道斉』と書かれた看板が打ち付けられていた。

「本道医、宗方道斉か……」

やっぱり町医者の家だ……。

半次は見届けた。

「おう。半次じゃあないか……」

半次は、背後からの声に振り向いた。

半兵衛がいた。

「こりゃあ、旦那……」

半次は、半兵衛の許に駆け寄った。

「何をしているんだ……」

「はい。村上の御隠居さまと園江さまが白山権現から帰って来ましてね。それから御隠居さまがあそこに……」

半次は、宗方道斉の家を示した。

「本道医の宗方道斉の家か……」

半兵衛は眉をひそめた。

「ええ。旦那……」

半次は、村上左兵衛が町医者の宗方道斉の家に来た訳を知っていると睨んだ。

「うん。御隠居と榎本園江、白山権現前の秀麗堂って薬種問屋に行き、二年前に毒薬の石見銀山を宗方道斉に売ったか確かめてね」

「二年前に石見銀山ですか……」

半次は眉をひそめた。

「うむ……」

「で、秀麗堂、二年前に宗方道斉に……」

「売っていたよ、石見銀山を……」

「そうですか……」

「ああ。分からないのは、御隠居と榎本園江が何故、そんな事を調べているかだ

「……」

「はい……」

半次は頷いた。

四半刻が過ぎた。

村上左兵衛が、町医者の宗方道斉の家から出て来た。そして、小さな吐息を洩らして神田川沿いの道を西に向かった。

半兵衛と半次は尾行た。

左兵衛は、昌平橋の袂から湯島の通りに進んだ。

湯島の屋敷に帰る……。

半兵衛は読んだ。

「どうやら、今日の処は此で屋敷に帰るようだな」

「はい……」

半次は頷いた。

村上左兵衛は、読み通りに湯島の村上屋敷に帰った。

「よし。おそらくもう動かないと思うが半刻程見張り、変わった事がなければ音次郎と八丁堀に帰ってくれ。私は北町奉行所に寄って大久保さまに逢ってから帰るよ」

半兵衛は告げた。

「承知しました」

半次は頷いた。

半兵衛は、半次を村上屋敷に残して北町奉行所に急いだ。

町を行き交う人々は、冷たい風に足早だった。


北町奉行所の用部屋は、火鉢の炭が赤く熾きて温かかった。

半兵衛は、用部屋の忠左衛門を訪れた。

「おお、何か分かったか、半兵衛……」

忠左衛門は、細く筋張った首を伸ばした。

「はい。村上左兵衛さん、不忍池の近くの茶之湯の師匠の家に行きましてね」

「茶之湯の師匠……」

忠左衛門は、細く筋張った首の喉仏を大きく上下させた。

「ええ。名は榎本園江と申しますが……」

「榎本園江……」

忠左衛門は、白髪眉をひそめた。

「御存知ですか……」

「園江と云う女子は知らぬが、左兵衛の知り合いに榎本宗一郎《そういちろう》と申す御家人がいたのは聞いた覚えがある……」

「おそらくその榎本さんでしょう……」

「だが、半兵衛、その榎本宗一郎、確かもう死んだ筈だが……」

「はい。質の悪い病に罹って二年程前に亡くなっています。左兵衛さんは、その榎本宗一郎さんの後家、園江さんの処に行っているようですね」

半兵衛は告げた。

「おのれ左兵衛、死んだ知り合いの妻と……」

忠左衛門は、細い首の筋を引き攣らせた。

「大久保さま、左兵衛さんと園江さん、未だ御心配される仲かどうか、分かりません」

半兵衛は苦笑した。

「何だと、どう云う事だ半兵衛……」

「はい。左兵衛さんと園江さん、今日、白山権現前の薬種問屋に赴《おもむ》き、石見銀山の売り渡し先などを尋ねておりました」

「石見銀山の売り渡し先だと、どう云う事だ、半兵衛……」

忠左衛門は、戸惑いを浮かべた。

「そいつは未だ。ですが、何か事件が隠されているかもしれません」

「うむ……」

忠左衛門は、細く筋張った首を突き出して頷いた。

「それで大久保さま、榎本宗一郎さんはどのような方ですかね……」

「詳しくは知らぬが、確か御公儀の御役目に就《つ》いていた筈だが……」

「詳しく調べて戴けますか……」

「うむ。分かった。急ぎ調べてみよう」

忠左衛門は、喉を鳴らして頷いた。

「はい。お願いします……」

「そうか。左兵衛、年甲斐のない真似はしていないかもしれぬか……」

忠兵衛は、微かな安堵を過ぎらせた。

「今の処は……」

半兵衛は微笑んだ。

囲炉裏の火は鳥鍋の底を包んだ。

半兵衛は、張り込みから帰って来た半次や音次郎と囲炉裏を囲み、酒を飲み始めた。

「そうか、あれから左兵衛さんと園江さんに動きはなかったか……」

「はい……」

半次は頷いた。

「それにしても、御隠居さまと園江さま、町医者の宗方道斉が二年前に石見銀山を買った事を調べてどうするんですかね」

音次郎は首を捻った。

「ひょっとしたら、病で死んだ園江さまの旦那の榎本宗一郎さま、宗方道斉の患者だったのかもしれませんね」

半次は読んだ。

「で、石見銀山は榎本宗一郎さまの死に拘わりがあるかもしれないか……」

「ええ……」

半次は頷いた。

「うむ。それから榎本宗一郎、質の悪い病に罹る迄は、公儀の御役目に就いていたそうだ。そいつが何か分かればね……」

半兵衛は、湯呑茶碗の酒を飲んだ。

「大久保さま待ちですか……」

「うん……」

鳥鍋が湯気を溢《あふ》れさせた。

「さあ、出来たぞ。食べな。音次郎……」

半兵衛は、囲炉裏の火を弱めた。

「待ってました。戴きます」

音次郎は、嬉しそうに椀を手にした。

囲炉裏の火は、壁に映る半兵衛、半次、音次郎の影を揺らした。


翌朝、村上左兵衛は出掛けた。

半次と音次郎は追った。

左兵衛は、湯島の通りから明神下の通りを抜け、神田川沿いに出た。そして、神田花房町の町医者宗方道斉の家を見張った。

「宗方道斉を見張るようですね」

「ああ、何の為なのかな……」

半次と音次郎は、町医者宗方道斉を見張る左兵衛を見守った。


「分かったぞ、半兵衛……」

大久保忠左衛門は、用部屋に来た半兵衛に嬉しげに笑い掛けた。

「分かりましたか……」

「うむ。榎本宗一郎、質の悪い病に罹る前迄は、納戸衆《なんどしゅう》の御役目に就いていたぞ」

忠左衛門は告げた。

「納戸衆ですか……」

「左様、納戸衆だ……」

忠左衛門は頷いた。

〝納戸方《なんどかた》〟は、若年寄《わかどしより》の支配下にあり、将軍家の金銀、衣服、調度《ちょうど》の出納《すいとう》、献上品や下賜《かし》の金品を司《つかさど》る役目だ。

「して、役目を退いたのは……」

「うむ、質の悪い病に罹ってな。それで、役目を退き、呆気《あっけ》なく亡くなったそうだ。気の毒に……」

忠左衛門は、細く筋張った首を伸ばして榎本宗一郎を哀れんだ。

「榎本家に子はなかったのですか……」

「うむ。末期養子《まつごようし》は叶《かな》わず、榎本家は取り潰しになった」

「そうですか……」

榎本家は断絶し、一人残された妻の園江は組屋敷から茅町の家に越し、茶之湯の指南をして暮らしを立てた。

半兵衛は知った。


町医者の宗方道斉が、板塀に囲まれた家から出て来た。

村上左兵衛は物陰から現れ、宗方道斉の尾行を開始した。

「親分……」

「うん……」

半次と音次郎は、道斉を尾行る左兵衛を追った。

「道斉先生、往診ですかね……」

「いや。薬籠《やくろう》を持っちゃあいない。往診じゃあないな……」

半次は読んだ。

道斉は、神田川北岸の道を東に進んだ。

左兵衛は尾行た。

「御隠居、大丈夫ですかねえ」

音次郎は、左兵衛の尾行の首尾を心配した。

「ま、大丈夫だろう」

「それにしても、何処に行くんですかね、道斉先生……」

音次郎は、半次と共に左兵衛と道斉を追った。

道斉は、神田川に架かっている和泉橋《いずみばし》を渡った。

左兵衛は続いた。


道斉は柳原通《やなぎわらどお》りを横切り、松枝町《まつえだちょう》から小泉町《こいずみちょう》に進み、玉池稲荷《たまいけいなり》の隣の旗本屋敷の門前に佇んだ。そして、背後を窺って尾行て来た者がいないのを確かめ、旗本屋敷の潜り戸を叩いた。

潜り戸が開き、下男が顔を見せた。

道斉は、潜り戸を潜って屋敷内に入った。

左兵衛は物陰から現れ、厳しい面持ちで旗本屋敷を窺った。

半次と音次郎は見守った。

「誰のお屋敷なんですかね……」

「さあて……」

「ちょいと訊いて来ます」

音次郎は、隣の屋敷から出て来た行商の小間物屋《こまものや》に駆け寄って行った。

半次は、左兵衛を見守った。

僅かな刻が過ぎた。

道斉の入った屋敷から、家来と思われる武士が足早に出掛けて行った。

音次郎が、半次の許に戻って来た。

「分かったか……」

「はい。長井主水《ながいもんど》って旗本の屋敷だそうです」

音次郎は告げた。

「長井主水……」

「ええ。親分……」

町医者の宗方道斉が、長井屋敷から出て来て柳原通りに向かった。

左兵衛が尾行た。

半次と音次郎が続いた。


宗方道斉は、柳原通りに出て神田八ツ小路に向かった。

左兵衛は尾行た。

道斉は、神田川沿いにある柳森稲荷《やなぎもりいなり》に入った。

柳森稲荷の鳥居の前には、古着屋などの様々な露店と葦簀《よしず》張りの飲み屋や茶店が出ていた。

道斉は、辺りを窺いながら鳥居の前を過ぎて柳森稲荷の土塀《どべい》沿いを横手に進んだ。

左兵衛は尾行た。

柳森稲荷の横手に人影はなく、神田川に続く茂みが揺れていた。

道斉は、横手から裏手に廻った。

左兵衛は追った。

裏手から二人の浪人が現れ、左兵衛の前に立ち塞がった。

左兵衛は、二人の浪人の脇を通ろうとした。

二人の浪人は、行く手を塞いだ。

「退《ど》け……」

左兵衛は、二人の浪人を見据えた。

「爺さん、此処は通さねえ……」

二人の浪人は、無精髭《ぶしょうひげ》の生えた顔で笑った。

半次と音次郎は、茂みから見守った。

「親分……」

「ああ。長井屋敷から家来が先に出て行った。そいつが雇って待ち構えていたのかな……」

「そして、道斉が御隠居を誘《おび》き出したって寸法ですか……」

「きっとな……」

半次と音次郎は読んだ。

「どうしても邪魔立てするか……」

左兵衛は、老顔《ろうがん》を厳しく引き締めた。

「ああ。余計な真似をしないで、さっさと帰りな……」

「黙れ……」

左兵衛は、厳しく一喝した。

「爺《じじ》い。死にたいのか……」

浪人の一人は、左兵衛を突き飛ばそうと腕を伸ばした。

刹那《せつな》、左兵衛は突き飛ばそうと伸ばした腕を見切って躱《かわ》し、扇子《せんす》で鋭く打ち据えた。

ぱしっ……。

鋭い音が短く鳴り、浪人は打ち据えられた腕を押さえて蹲《うずくま》った。

「お、おのれ……」

残る浪人が驚き、刀を抜いて猛然と左兵衛に斬り掛かった。

左兵衛は、後退《あとずさ》りをしながら必死に躱した。

浪人は、刃風《はかぜ》を鳴らした。

左兵衛は、息を切らして必死に躱した。

次の瞬間、左兵衛の足が茂みに取られて仰向けに倒れた。

「死ね。爺い……」

浪人は、倒れた左兵衛に刀を振り上げた。

刹那、呼子笛《よびこぶえ》が鳴り響いた。

「人殺し。人殺しだ……」

半次と音次郎は騒ぎ立てた。

二人の浪人は狼狽《うろた》え、慌てて裏手に逃げた。

「人殺しだ……」

「音次郎、御隠居をな……」

「合点です」

半次は、音次郎に左兵衛を任せて、二人の浪人を追った。

音次郎は、茂みに倒れて踠《もが》いている左兵衛に駆け寄った。

「大丈夫ですか。御隠居さま……」

音次郎は、左兵衛を助け起こした。

「お、おう。忝《かたじけな》い……」

左兵衛は身を起こし、茂みに座り込んで吐息を洩らした。

「お怪我はありませんかい……」

「うむ。怪我はないが、歳の所為《せい》で息が切れてな。いや、忝い。お陰で助かった」

左兵衛は、音次郎に白髪頭を下げた。

「いえ。それより何ですか、彼奴ら……」

「分からぬが、儂を邪魔だとする奴らに雇われての事だろう」

「そうですか……」

「うむ。処でおぬし、名は何と申す」

「えっ、あっしは音次郎です」

「音次郎か……」

左兵衛は立ち上がった。

「はい……」

「よし。音次郎、助けてくれた礼の印に茶店で団子を馳走しよう」

左兵衛は、音次郎を誘った。

「いえ。御礼だなんて、そんな……」

音次郎は遠慮した。

「音次郎、遠慮は無用だ」

左兵衛は、音次郎に親しげに笑い掛けた。

「は、はあ……」

音次郎は、尾行し見張る相手に御馳走になるのに戸惑った。

三

二人の浪人は、柳森稲荷を走り出て神田八ツ小路に向かった。

半次は追った。

二人の浪人は、八ツ小路の隅にある茶店に進んだ。

茶店には、町医者の宗方道斉と長井家の家来が待っていた。

「首尾は……」

家来は、二人の浪人に尋ねた。

「うむ。余計な真似をすれば死ぬぞ、と脅して突き飛ばしてやった。なあ……」

浪人は、もう一人の浪人に狡猾な笑みを浮かべて同意を求めた。

「ああ、爺い、茂みに倒れて無様に踠いてな。此で大人しくするだろう」

もう一人の浪人は頷いた。

半次は見届けた。

やはり、二人の浪人は長井家の家来に雇われ、左兵衛を襲ったのだ。

二人の浪人は、小判らしき物を嬉しげに握り締めた。

道斉は、二人の浪人に紙に包んだ小判らしき物を渡した。

「うむ。又頼むかもしれぬ。宜しくな……」

家来は、道斉を促した。

「そうか。道斉どの……」


左兵衛は、音次郎が下っ引だとは気が付かず茶店に伴い、団子を振る舞った。

「どうだ音次郎、団子のお代わりは……」

左兵衛は、団子を食べ終えて茶を飲む音次郎に尋ねた。

「えっ。いえ、もう充分です」

音次郎は断り、茶を飲んだ。

「そうか、遠慮は要らぬが、本当にもう良いのか……」

左兵衛は、残念そうに音次郎を見た。

「はい。御馳走さまでした」

「処で音次郎、おぬし、稼業は何だ」

「はい。博奕打ちの真似事を……」

音次郎は、咄嗟《とっさ》に半次の下っ引になる前の稼業を告げた。

「そうか、博奕打ちだったら、昼間は余り忙しくないな」

左兵衛は、嬉しげに眼を細めた。

「えっ。ええ、まあ……」

音次郎は、戸惑いながら頷いた。

「どうだ、一日一朱《いっしゅ》で儂の供をしないか……」

左兵衛は誘った。

「えっ。一日一朱で御隠居さまのお供……」

音次郎は、戸惑いを浮かべた。

「うむ。儂も歳でな。今日のような事があると、一人じゃあ何かと面倒でな。どうだ……」

左兵衛は、親しげに笑い掛けた。

「そいつは構いませんが……」

「よし。ならば決まった」

左兵衛は、満足げに頷いた。

「お待ち下さい御隠居さま、お供をするのは良いんですが、ちょいと報せておかなきゃあいけない処がありまして……」

音次郎は焦った。

「うむ。ならば報せて、申《さる》の刻七つ（午後四時）に神田花房町の町医者宗方道斉の家の前に来てくれ」

左兵衛は指示した。

「申の刻七つ、神田花房町の町医者宗方道斉の家の前ですね」

音次郎は復唱した。

「うむ……」

左兵衛は頷いた。

「じゃあ、ちょいと行って参ります」

音次郎は、左兵衛を柳森稲荷に残して北町奉行所に急いだ。

「長井主水……」

半兵衛は眉をひそめた。

「はい。村上の御隠居が宗方道斉を尾行て行った旗本屋敷の主だそうです……」

半次は告げた。

「そして、長井家の家来と道斉が村上の御隠居を柳森稲荷に誘き出し、雇った食《く》い詰《つ》め浪人共に襲わせました」

「それで、旗本の長井主水か……」

「はい……」

「半次、園江さんの夫の榎本宗一郎は、質の悪い病に罹る前迄は納戸衆だった。その時の組頭《くみがしら》が長井主水だよ」

半兵衛は、榎本宗一郎が納戸衆と知り、上役である二人の納戸頭と五人の納戸組頭を既に調べてあった。

長井主水は四百石取りであり、五人いる納戸組頭の一人だった。

「納戸組頭ですか……」

「うむ。半次、村上の御隠居と榎本園江は納戸方の事を調べているようだな」

半兵衛は読んだ。

「はい……」

半次は頷いた。

「旦那、親分……」

音次郎が、同心詰所に入って来た。

「おう、どうした……」

半兵衛と半次は迎えた。

「はい。村上の御隠居さまに一日一朱で雇われました」

音次郎は報せた。

「雇われた……」

半次は驚いた。

「音次郎、仔細を話してみろ」

半兵衛は、音次郎を促した。


音次郎は、左兵衛に雇われる迄の事の次第を話した。

「それで引き受けたのか……」

半次は念を押した。

「はい。村上の御隠居さまが、儂も歳だと仰って。それでつい……」

音次郎は、引き受けた訳を告げた。

「旦那……」

半次は、半兵衛の判断を仰いだ。

「うん。面白いじゃあないか……」

半兵衛は笑った。

「は、はい……」

音次郎は頷いた。

「音次郎、御隠居のお供をして園江さんと何をしようとしているのか。それから二人の仲はどうなのか。しっかり見届けてくれ」

半兵衛は命じた。

「承知しました。じゃあ、申の刻七つに町医者の宗方道斉の家に行きます」

「旦那、御隠居さま、誘き出した道斉の家に行って何をする気ですかね」

半次は眉をひそめた。

「うむ。何を企んでいるのか。音次郎、その辺をしっかりとな……」

「はい……」

音次郎は、緊張した面持ちで頷いた。

「半次、お前は音次郎の後詰《ごづめ》をな……」

「はい。心得ました」

半次は頷いた。

申の刻七つを告げる東叡山寛永寺《とうえいざんかんえいじ》の鐘の音は、神田花房町に微かに響いて来ていた。

音次郎は、町医者の宗方道斉の家を見張りながら村上左兵衛が来るのを待っていた。

杖を突いた老爺《ろうや》が、宗方道斉の家から出て行った。

道斉の処に来ていた患者は、此でみんな帰った……。

音次郎は見定めた。

「音次郎……」

左兵衛がやって来た。

「御隠居……」

「患者、いるかな……」

左兵衛は、道斉の家を見据えた。

「いえ。さっき、杖を突いた年寄りが帰りましてね。今、患者はいません」

音次郎は告げた。

「ほう。そうか……」

左兵衛は、感心したように音次郎を見た。

「はい……」

音次郎は頷いた。

「うむ。流石は儂の見込んだ音次郎だ。よし、行くぞ……」

左兵衛は、道斉の家に廻された板塀の木戸を潜った。

音次郎は続いた。


「御免下さい。道斉先生、腹が痛いのですが、診て戴けますか……」

音次郎は、診察室に声を掛けた。

「うむ。入るが良い……」

診察室から道斉の声がした。

「はい……」

音次郎は、背後にいる左兵衛に目配せした。

左兵衛は頷き、診察室に入った。

音次郎は続いた。

宗方道斉は、村上左兵衛を見て驚き、慌てて逃げようとした。

音次郎は、道斉の行く手を素早く塞いだ。

「な、何だ……」

道斉は怯えた。

「道斉、おぬし、患者の榎本宗一郎の胃の腑《ふ》の病を良い事に、その薬に秀麗堂で買った毒を僅かに混ぜて飲ませたのは、納戸組頭の長井主水に金を貰って頼まれたからだな」

左兵衛は、怒りを含んだ眼で道斉を睨み付けた。

音次郎は、村上左兵衛と園江が榎本宗一郎の死の真相を探っているのを知った。

「し、知らぬ。私は何も知らぬ……」

道斉は、恐怖に嗄れ声を引き攣らせた。

「惚けるな。儂を柳森稲荷に誘い出し、浪人共に襲わせたのは、榎本宗一郎の死を検《あらた》めるのを阻《はば》まんとする長井主水の企みであろう」

左兵衛は、怒りに声を震わせた。

「知りませぬ……」

道斉は、必死に抗弁した。

「おのれ、道斉。年寄りだと侮《あなど》るな。年寄りは気が短いぞ……」

左兵衛は、刀の鯉口《こいぐち》を切った。

道斉は震え上がり、後退りした。

音次郎は、道斉を背後から押さえた。

道斉は踠いた。

「道斉先生、御隠居の云う事、早く聞いた方が身の為だぜ」

音次郎は脅した。

「わ、分かりました。仰る通りです」

道斉は、嗄れ声を激しく震わせた。

「何が仰る通りだ……」

左兵衛は責めた。

「何もかもです。柳森稲荷に誘き出して浪人共に襲わせて脅し、榎本さまの死を検めるのを止めさせようとした事。それに毒を手に入れて榎本さまに薬に混ぜて飲ませ、質の悪い病で急死したように見せ掛けて殺せと、長井さまが私に命じられた事などです」

「何もかも、納戸組頭の長井主水に命じられての所業に間違いないのだな」

左兵衛は念を押した。

「はい。間違いありません……」

道斉は、何度も頷いた。

「ならば道斉。長井主水は何故、配下の納戸衆である榎本宗一郎を殺せと命じたのだ」

左兵衛は、道斉を厳しく見据えて肝心な尋問を始めた。

「知りません。それは本当に知りません」

道斉は顔を歪《ゆが》め、嗄れ声を激しく震わせた。

「嘘偽りはないな」

「はい。長井さまは私などに榎本さまを殺す理由を教える筈がございません。唯々《ただただ》榎本さまを質の悪い病に見せ掛けて殺せと……」

道斉は、嗄れ声を哀しげに震わせた。

「そうか。よし、分かった」

左兵衛は頷き、道斉への責めを終えた。

道斉は、深々と溜息を吐いて項垂れた。

「御隠居、道斉をどうします……」

音次郎は、左兵衛に囁いた。

「どうするとは……」

左兵衛は、音次郎に怪訝な眼を向けた。

「此のまま放って置けば、捕まるのを恐れて逃げてしまうかもしれません」

「逃げるか……」

「はい。逃げられてしまうと、長井主水に榎本さまを殺せと命じられた者がいなくなって、長井主水の悪事の証人がいなくなります」

「成る程、そうだな。ならばどうしたら良い」

左兵衛は、音次郎に訊いた。

「捕まえて、あっしの知り合いに預けるってのは如何でしょう」

「その知り合い、信用出来るのか……」

左兵衛は眉をひそめた。

「そりゃあもう、あっしがお世話になってるお人でして……」

「分かった。ならばそうしよう……」

左兵衛は頷いた。

「じゃあ……」

音次郎は、道斉の着物の帯を解いた。

「な、何をする。止めろ……」

道斉は狼狽えた。

「煩せえ。人殺しが、黙っていろ」

音次郎は凄《すご》み、取り上げた帯で道斉を手早く縛り上げた。

捕り縄を使わず帯を使ったのは、左兵衛に十手者と知れるのを嫌ったからだ。

「じゃあ、ちょいと見張っていて下さい。直ぐに連れて来ます」

音次郎は、素早く出て行った。

「う、うむ……」

左兵衛は、音次郎の手際の良さに感心した。

音次郎は、道斉の家の戸口に往診中の木札を掛け、表を見廻した。

親分が後詰をしてくれている筈だ……。

半次が、神田川沿いの道の木陰から姿を見せた。

「親分……」

音次郎は、半次に駆け寄った。

音次郎は、半次に事の次第を手早く説明した。

「よし、分かった。じゃあ、宗方道斉を榎本宗一郎さまに毒を盛って殺した罪で秘かに大番屋に引き立てるぜ」

半次は頷いた。

「はい。お願いします」

「後は納戸組頭の長井主水が、どうして榎本さまに毒を盛れと命じたかだな……」

半次は読んだ。

「はい。御隠居は、そいつを突き止めようとしています」

音次郎は頷いた。

「うん。じゃあ、道斉は引き受けた」

「お願いします。じゃあ……」

音次郎は、道斉の家に戻って行った。

半次は、近くの筋違御門《すじかいごもん》の袂で客待ちをしていた町駕籠《まちかご》を手招きし、音次郎に続いた。

「御隠居……」

音次郎は、左兵衛と道斉のいる診察室に入った。

「おお、戻ったか……」

「はい。お待たせしました」

音次郎は、左兵衛と道斉を見た。

左兵衛は、道斉を厳しく見張っていた。

「うん。待ち兼ねた。して、知り合いは……」

「今、来ます」

「音次郎……」

半次が、診察室に入って来た。

「御隠居、信用出来るお人です」

音次郎は、左兵衛に半次を引き合わせた。

「半次と申します。音次郎がお世話になっているそうで……」

半次は挨拶をした。

「いや。世話になっているのは儂の方だ」

左兵衛は笑った。

「そうですか。じゃあ町医者を預かりますぜ」

半次は、縛られている道斉を見て苦笑した。

「うむ。後は宜しく頼んだ。音次郎……」

左兵衛は、戸口に向かった。

「はい。じゃあ……」

音次郎は、半次に会釈《えしゃく》をして続いた。

「気を付けてな……」

半次は見送った。

左兵衛と音次郎は出て行った。

「た、助けてくれ……」

道斉は、半次に縋《すが》る眼差しを向けた。

半次は笑った。

「金ならやる、幾らでもやる。だから、だから助けてくれ」

道斉は、狡猾な笑みを浮かべて頼んだ。

「宗方道斉、榎本宗一郎さまに毒を盛ったと白状した限り、目溢《めこぼ》しは出来ないぜ
……」

半次は、懐の十手を見せた。

「げえ……」

道斉は驚き、仰《の》け反《ぞ》った。

「さあ。町駕籠を待たせてある。大番屋に行くぜ」

半次は、冷たく云い放った。


不忍池に冷たい風が吹き抜け、畔の散歩を楽しむ者は少なかった。

左兵衛は、音次郎を連れて茅町の園江の家を訪れた。

「園江どの、これなる者は音次郎と申してな。若いのに中々頼りになるので手伝いに雇った」

左兵衛は、園江に音次郎を引き合わせた。

「音次郎さんですか、園江と申します。左兵衛さまを宜しくお願いします」

園江は、音次郎に挨拶をした。

「音次郎です」

音次郎は、緊張を浮かべて頭を下げた。

「それでな園江どの。町医者の宗方道斉、長井主水に命じられて宗一郎の胃の腑の薬に毒を混ぜて飲ませたと白状したぞ」

左兵衛は、声を弾ませた。

「やはり……」

園江は緊張した。

「うむ……」

「して、道斉は……」

「うむ。逃げられぬように音次郎の知り合いに預けた」

「音次郎さんの知り合い……」

「はい。道斉の野郎、今頃は暗く寒い処に閉じ込められていますよ」

音次郎は笑った。

「そうですか……」

「それで園江どの、残るは長井主水が何故に宗一郎を殺したかだ……」

左兵衛は眉をひそめた。

「はい。それさえ分かれば……」

園江は、悔しげに唇を嚙み締めた。

音次郎は、左兵衛と園江の遣り取りを見守り、その拘わりを探ろうとした。


大番屋の詮議場《せんぎば》の土間は冷たかった。

半次は、宗方道斉を土間の筵《むしろ》に引き据えた。

道斉は、寒く薄暗い詮議場を恐ろしげに見廻して身震いした。

「旦那……」

半次は、座敷に声を掛けた。

「おう。来たかい……」

半兵衛が座敷の障子を開けて現れ、框に腰掛けた。

「やあ。町医者の宗方道斉か……」

半兵衛は笑い掛けた。

「は、はい……」

道斉は、怯えを過ぎらせた。

「よし。榎本宗一郎に毒を盛った経緯、詳しく話して貰おうか……」

半兵衛は、道斉を冷たく見据えた。

道斉は、激しく震えた。

詮議場の寒さは募《つの》った。

四

八丁堀の外れ、山王御旅所《さんのうおたびしょ》近くの組屋敷街は夜の静けさに覆われていた。

半兵衛は、吟味方与力大久保忠左衛門の屋敷を訪れた。

「何、左兵衛の奴、榎本宗一郎を殺した者を突き止めようとしているだと……」

忠左衛門は、筋張った細い首を伸ばして眉をひそめた。

「はい。後家の園江どのと共に……」

半兵衛は告げた。

「ならば、左兵衛と後家の園江は……」

「おそらく、御子息紳一郎どのの思われているような仲ではございますまい
……」

半兵衛は微笑んだ。

「では半兵衛、左兵衛が女子に懸想していると云うのは、紳一郎の思い違いか……」

忠左衛門は眉をひそめた。

「はい……」

半兵衛は頷いた。

「そうか。して半兵衛、左兵衛と園江は榎本宗一郎を殺した者を突き止めたのか……」

「はい。榎本どのの胃の腑の薬に毒を混ぜて飲ませたのは町医者宗方道斉。その道斉を金で籠絡《ろうらく》し、毒を盛るように命じたのは納戸組頭の長井主水……」

「榎本の上役《うわやく》の納戸組頭の長井主水か……」

「はい。ですが、長井主水が何故、配下の納戸衆の榎本を殺せと命じたかは、未だ……」

半兵衛は眉をひそめた。

「そうか……」

忠左衛門は、吐息を洩らした。

「それにしても分からぬのは、左兵衛さまと榎本宗一郎園江夫婦との拘わりですが、大久保さまには何か聞いた事はありませんか……」

「さあ。別に聞いた覚えはないが……」

忠左衛門は、細く筋張った首を捻った。

「ですが、何らかの拘わりがあるのは間違いありません。如何ですか大久保さま、左兵衛さまに友として訊いてみては……」

「友として訊くか……」

「はい。左兵衛さまが園江どのに年甲斐もなく懸想している恐れがない限り、友の大久保さまが訊けば、お答え下されるのでは……」

半兵衛は勧めた。

「うむ。友として訊くか……」

忠左衛門は、細く筋張った首の喉仏を上下させた。

「はい……」

半兵衛は、忠左衛門の出方を待った。

燭台《しよくだい》の火は揺れた。

神田玉池稲荷の赤い幟旗《のぼりばた》は、冷たい風に揺れていた。

半次は、納戸組頭の長井主水の屋敷を見張っていた。

長井屋敷は表門を閉め、家来たちが潜り戸から忙しく出入りしていた。

町医者の宗方道斉が姿を消したのに気が付き、慌てて捜し始めたのかもしれない。

長井主水は、宗方道斉の口封じが後手に廻ったのに焦っている……。

半次は読んだ。

「どうだ……」

半兵衛がやって来た。

「今の処、変わった事はありませんし、村上の御隠居と音次郎も現れていません」

「そうか……」

半兵衛は、長井屋敷を見上げた。

「旦那、納戸方ってのは、上様のお金や着物、献上品や下賜の品物を扱う御役目で出入りの商人とも拘わりが多いですよね」

「うん。その辺に長井の秘密があり、配下の榎本さんに知られたのかもな……」

半兵衛は読んだ。

「長井の秘密ってのは、悪事の証拠ですかね」

「ま、そんな処だろうね」

「御隠居と園江さま、そいつをどうやって摑むつもりですかね」

半次は眉をひそめた。

「さあねえ。だが、あの御隠居だ。どんな手を使うか……」

半兵衛は苦笑した。

「旦那……」

半次は、玉池稲荷の方を示した。

音次郎が、玉池稲荷の方から足早にやって来た。

「音次郎……」

半次は、音次郎が一人だと見定めて声を掛けた。

「親分、旦那……」

音次郎は、半兵衛と半次に気付いて駆け寄って来た。

「長井主水を見張りに来たのか……」

半次は尋ねた。

「いえ。御隠居がこいつを長井主水に届けて来いと……」

音次郎は、懐から書状を出して見せた。

「果《は》し状《た》ですかね」

半次は、冗談を云って笑った。

「ええ、そんなものかもしれません」

音次郎は、真顔で告げた。

「何……」

半次は眉をひそめた。

「音次郎、何が書いてあるのか知っているのか……」

「はい。町医者の宗方道斉を捕らえて何もかも吐かせた。御公儀に訴え出られたくなければ、今日の申の刻七つ（午後四時）に入谷《いりや》の庚申塚《こうしんづか》に一人で来い。もし来なければ、宗方道斉を目付《めつけ》に突き出すと……」

音次郎は、左兵衛の書状の内容を教えた。

「成る程……」

半兵衛は頷いた。

「旦那……」

「面白くなって来たな、半次。よし、音次郎、そいつを長井主水に届けろ」

半兵衛は笑った。

「はい。じゃあ……」

音次郎は、長井屋敷の潜り戸に向かった。

半兵衛と半次は見送った。

「申の刻七つ、入谷の庚申塚に一人で来いですか……」

「うん……」

「長井主水、一人で行きますかね」

半次は首を捻った。

「そいつはあるまい……」

半兵衛は苦笑した。

「でしょうねえ……」

半次は頷いた。

左兵衛と園江は、長井主水を入谷の庚申塚に呼び出して何をする気なのだ。

半兵衛は、左兵衛と園江の腹の内を読んだ。

仇討《あだうち》……。

左兵衛と園江は、榎本宗一郎の仇《かたき》として長井主水を討ち果たそうとしているのかもしれない。
半兵衛は睨んだ。
湯島の通りは本郷の通りに続き、人通りは絶えなかった。
大久保忠左衛門は、村上屋敷の閉じられた表門前に佇んだ。
榎本園江との拘わりを必ず訊き出す……。
忠左衛門は、そう決めて潜り戸に向かった。
潜り戸が開いた。
忠左衛門は、隠れる間もなく立ち竦んだ。
村上左兵衛が羽織袴姿で出て来た。
「おう。忠左衛門じゃあないか……」
「うむ。左兵衛、ちょいと顔を貸せ……」
忠左衛門は、細く筋張った首を伸ばして怒ったように告げた。
神田川には櫓《ろ》の軋《きし》みが響いていた。
忠左衛門は、神田川の岸辺に佇んだ。

「何だ、忠左衛門。俺は行かねばならぬ処がある。用があるなら手短に話せ」

左兵衛は、忠左衛門の背後に佇んで微かな苛立ちを過ぎらせた。

「ならば尋ねるが、左兵衛。榎本園江とはお前の何なのだ」

忠左衛門は、左兵衛を見据えて尋ねた。

「榎本園江……」

左兵衛は、忠左衛門が園江を知っているのに戸惑った。

「左様。左兵衛、榎本園江とはどのような拘わりなのだ」

「俺と園江どのの拘わりだと……」

「そうだ。どんな拘わりなのだ……」

「そ、それは……」

左兵衛は口籠もった。

「左兵衛、お前、年甲斐もなく園江なる女子に懸想しているような事はあるまいな」

忠左衛門は、ここぞとばかりに攻め込んだ。

「ば、馬鹿を申すな、忠左衛門……」

左兵衛は、老顔を赤らめて狼狽えた。

「ならば、何だ。園江なる女子は何なのだ」

「そ、それは……」

左兵衛は、再び口籠もった。

「左兵衛……」

忠左衛門は、左兵衛を睨んだ。

「何だ、忠左衛門……」

左兵衛は睨み返した。

神田川沿いの道を行き交う人々は、道端で睨み合う老武士二人を見て見ぬ振りをして足早に通り過ぎて行った。

「左兵衛……」

忠左衛門は、溜息を吐いた。

「ああ……」

左兵衛は、神田川の流れを眺めた。

「園江とは……」

「忠左衛門……」

左兵衛は、忠左衛門の言葉を遮った。

「何だ……」

「園江どのは、村松美代《むらまつみよ》の娘だ」

左兵衛は告げた。

「村松美代……」

忠左衛門は眉をひそめた。

「ああ。うちの隣の村松家の娘だ」

「うん。お前より二つ年上で嫁に行った隣の美代さんか……」

忠左衛門は思い出した。

「そうだ……」

左兵衛は頷いた。

「確か美代さん、お前の初恋の女《ひと》だったな……」

忠左衛門は、隣の美代に恋《こ》い焦《こ》がれていた左兵衛を覚えていた。

「ああ、園江どのは、その美代さんの娘だ」

左兵衛は、吐息混じりに告げた。

「そうか、園江なる女子は、左兵衛、お前の初恋の女の美代さんの娘だったのか……」

忠左衛門は知った。

「そうだ。美代さんと夫は既に亡くなっているがな。で、美代さんは亡くなる前、園江どのに困った事があったら、儂に相談しろと云い残したそうだ」

そして、園江は夫榎本宗一郎の不審な死を村上左兵衛に相談したのだ。

「それで半年前に妻も病で亡くなり、榎本の死を詳しく調べ始めたのだ」

「そう云う事か……」

半兵衛の睨み通り、左兵衛と園江の拘わりは年甲斐のない懸想などではなかった。

忠左衛門は、微かな安堵を覚えた。

「そうか、榎本園江はお前の初恋の相手の隣の美代さんの娘だったのか……」

忠左衛門は微笑んだ。

「そうだ。ならば忠左衛門、俺は先を急ぐ」

左兵衛は、足早にその場を離れた。

「うむ。左兵衛、後日、ゆっくりと酒を酌《く》み交《か》わそう」

忠左衛門は、足早に去って行く左兵衛に声を掛けた。

左兵衛は振り向いて笑い、足早に立ち去った。

「そうか、初恋の女の娘だったか……」

　忠左衛門は微笑んだ。

　長井屋敷から家来が出掛けて行った。

「追いますか……」

「どうせ、浪人でも雇って入谷の庚申塚に先廻りするのだろう」

　半兵衛は笑った。

「長井主水は一人で行きませんか……」

「うむ。決まっている……」

　半兵衛は頷いた。

　音次郎は、村上左兵衛に命じられた通り茅町の榎本園江の家を訪れた。

　園江は、白っぽい着物に黒い被布《ひふ》を着て家から出て来た。

「お待たせしました。さあ、参りましょう」

　園江は、音次郎を促した。

「はい。お供します」

音次郎は、園江と共に入谷の庚申塚に向かった。

頭巾《ずきん》を被った武士が二人の家来を従え、長井屋敷から出て来た。

「長井主水だ……」

半兵衛は、頭巾を被った武士が長井主水だと睨んだ。

「はい……」

半次は頷いた。

「よし、じゃあ行くよ」

半兵衛と半次は、長井主水と二人の家来を追った。


冬枯れの田畑には小さな旋風が起こり、土埃《つちぼこり》が舞い上がっていた。

入谷の庚申塚は、鬼子母神《きしもじん》脇の道を田畑の方に進んだ道端にあった。

村上左兵衛は、庚申塚の周囲を見渡した。

庚申塚の前の道沿いには町家が僅かにあり、背後には土埃の舞う田畑が広がっていた。

左兵衛は、辺りに人影を捜した。だが、人影は見えなかった。

長井主水の家来が潜んでいる気配はない……。

左兵衛は、待ち伏せを警戒した。

僅かな刻が過ぎた。

「御隠居さま……」

音次郎が、園江を誘ってやって来た。

「おお。参ったか……」

左兵衛は、音次郎と園江を迎えた。

「長井主水は……」

園江は、緊張を滲ませた。

「未だだ……」

左兵衛は、厳しい面持ちで鬼子母神脇の道を見詰めた。

申の刻七つを報せる鐘の音が響いた。

「御隠居さま……」

音次郎は、鬼子母神脇の道を示した。

頭巾を被った武士が二人の家来を従えてやって来た。

「音次郎、世話になったな。今日の給金だ」

左兵衛は、音次郎に一朱銀を渡した。

「御隠居さま……」

「立ち去れ」

左兵衛は音次郎に命じ、園江と共に頭巾を被った武士たちが来るのを待った。

音次郎は立ち去った。

頭巾を被った武士は、庚申塚の前で立ち止まった。

「榎本園江か……」

武士は、被っていた頭巾を取った。

「長井主水……」

園江は、緊張に声を震わせた。

頭巾を取った武士は、納戸組頭の長井主水だった。

「儂に何用だ」

長井は、園江を見据えた。

「夫榎本宗一郎を何故、殺《あや》めたのです」

園江は、厳しく問い質した。

「古い話だな。儂が殺めた証拠はあるのか……」

長井は、狡猾な笑みを浮かべた。

「ある。町医者の宗方道斉が何もかも白状したぞ」

左兵衛は怒鳴った。

「おぬしは……」

「旗本村上左兵衛……」

「その村上左兵衛が何故の差し出口だ」

「黙れ、長井主水。役目を良い事に出入りの商人に集《たか》り、私腹を肥やしているのを榎本宗一郎に知られ、御公儀に訴え出られるのを恐れて殺めたのであろう」

左兵衛は、己の読みを告げた。

「知らなければ良い事を知ったのが、命取りになった。それだけの事だ」

長井は、冷たく云い放った。

「黙れ、長井主水。夫榎本宗一郎の仇、今こそ晴らします」

園江は、黒い被布の下から小太刀を出して抜き放った。

「村上左兵衛、義によって助太刀致す」

左兵衛は、園江に寄り添った。

二人の家来が進み出て対峙《たいじ》した。

「仇討とは笑止……」
長井は嘲笑《あざわら》った。
園江は、猛然と長井に斬り掛かった。
二人の家来が刀を抜いて阻《はば》んだ。
庚申塚の前に町家の陰から、長井の家来と二人の浪人が飛び出して来た。
左兵衛と園江は、三人の家来と二人の浪人に取り囲まれた。
「おのれ、卑怯《ひきょう》な……」
左兵衛は怒鳴った。
「斬り棄てい……」
長井は命じた。
三人の家来と二人の浪人は、左兵衛と園江に迫った。
半兵衛が現れ、左兵衛と園江を囲む三人の家来と二人の浪人に駆け寄った。
三人の家来と二人の浪人は驚き、慌てて半兵衛に斬り掛かった。
半兵衛は、僅かに身を屈《かが》めて刀を抜き打ちに閃《ひらめ》かせた。
二人の浪人は、利き腕や脚を斬られて弾かれたように倒れた。
土埃が舞い上がった。

田宮流抜刀術《たみやりゆうばつとうじゆつ》の鮮やかな一太刀だった。

三人の家来は怯み、長井主水の許に後退りをした。

半次と音次郎が現れ、倒れて踠く二人の浪人に早縄《はやなわ》を打った。

「お、音次郎……」

左兵衛と園江は驚いた。

「どうも……」

音次郎は笑った。

「さあ、園江さん、御隠居、仇を……」

半兵衛は、園江と左兵衛に笑い掛けた。

「か、忝い。園江どの……」

「はい……」

園江と左兵衛は、長井たちに向かった。

「おのれ、斬れ……」

長井は怒鳴った。

三人の家来が、猛然と園江と左兵衛に斬り掛かった。

半次と音次郎が、三人の家来に目潰しを投げ付けた。

目潰しは家来たちに当たり、白い粉が舞い散った。
家来たちは、両手で顔を覆って狼狽えた。
半兵衛、半次、音次郎は、家来たちに襲い掛かって十手で叩きのめした。
長井は怯み、冬枯れの田畑に逃げた。
半兵衛は、咄嗟に落ちていた石を拾って投げ付けた。
石は唸りをあげ、長井の背に当たった。
長井は、冬枯れの田畑に前のめりに倒れた。
園江と左兵衛は追い縋った。
長井は、倒れながらも刀を振り廻した。
左兵衛は、長井の刀を受け止めた。
「今だ……」
左兵衛は叫んだ。
園江は踏み込み、小太刀を鋭く突き出した。
小太刀は、長井の胸に深く突き刺さった。
長井は、胸から血を流して仰向けに倒れた。
園江は小太刀を落とし、その場に座り込んだ。

「見事。見事だ、園江どの……」

　左兵衛は誉《ほ》めた。

「皆さまのお陰。此で榎本宗一郎も浮かばれます。ありがとうございました……」

　園江は泣き崩れた。

「仇討本懐《ほんかい》、おめでとうございます」

　半兵衛は微笑んだ。

「お、おぬしたちは……」

「私は北町奉行所臨時廻り同心の白縫半兵衛、それに岡っ引の半次と下っ引の音次郎です」

　半兵衛は、自分たちの素性を告げた。

「そうだったのか……」

　左兵衛は、音次郎に笑い掛けた。

「騙《だま》してすいません」

　音次郎は詫びた。

「いいや。お陰でいろいろ助かった。此の通り、礼を申す」

左兵衛は、半兵衛、半次、音次郎に深々と頭を下げた。

「いえ。礼なら、昔からの友が女子に懸想していると心配した大久保忠左衛門さまに仰るんですね……」

「忠左衛門か……」

左兵衛は苦笑した。

「此処は私が始末します。御隠居は園江さんと早々にお帰り下さい」

半兵衛は勧めた。

「うむ。心得た……」

左兵衛は頷き、園江を促して庚申塚から立ち去った。

園江は、半兵衛、半次、音次郎に頭を下げて左兵衛に続いた。

半兵衛は見送り、蹲っている家来たちに近寄った。

家来たちは、半兵衛に怯えた眼を向けた。

「長井主水の遺体を早々に屋敷に運び、公儀に急な病で死んだと届けるのだ。さもなければ公儀に真相が知れ、長井家は取り潰し、おぬしたちは浪人になる。それで良いのか……」

半兵衛は、冷たく告げた。

「わ、分かった。云う通りにする……」

三人の家来たちは、顔を見合わせて頷いた。

「よし。ならば此迄だ……」

半兵衛は踵《きびす》を返した。

半次と音次郎は続いた。


「旦那、御隠居と園江さまの仇討、世間に報せなくても良いんですかい……」

音次郎は、戸惑いを浮かべた。

「音次郎、仇討を世間に知られて困るのは長井主水だけじゃあない。村上左兵衛と園江もいろいろ詮索されて困る筈だ」

半兵衛は、小さな笑みを浮かべた。

「そうか……」

音次郎は頷いた。

「世の中には私たちが知らん顔をした方が良い事もありますか……」

半次は微笑んだ。

「ま、そんな処だ」

半兵衛は苦笑した。

冬枯れの田畑には風が吹き抜け、土埃が舞い上がっていた。

「それで半兵衛、榎本園江の仇討、本懐を遂《と》げたのか……」

忠左衛門は、細く筋張った首を伸ばした。

「はい。見事に……」

半兵衛は頷いた。

「そうか。それは良かった……」

「処で大久保さま、村上左兵衛さまと榎本園江さんの拘わり、分かりましたか……」

「うむ。榎本園江は、左兵衛の初恋の女《ひと》の娘だった」

忠左衛門は苦笑した。

「ほう。御隠居の初恋の女の娘ですか……」

半兵衛は、冬の寒さの中に微かな暖かさを感じ、微笑んだ。

第三話　似た男

一

湯島天神境内の梅の花が綻《ほころ》び始めた。

寒い冬が漸く終わり、春が訪れる……。

北町奉行所臨時廻り同心白縫半兵衛は、岡っ引の本湊の半次や下っ引の音次郎と拝殿に手を合わせ、境内の隅の茶店に立ち寄った。

「婆《ばあ》さん、茶を三つ頼むぜ」

音次郎は、威勢良く注文して半兵衛や半次と縁台に腰掛けた。

境内には多くの参拝客が行き交っていた。

半兵衛、半次、音次郎は、茶店の婆さんの運んで来た茶を啜りながら行き交う参拝客を眺めた。

参拝客はお店者、武士、職人、町娘、人足、浪人、武家の妻女《さいじょ》……。

わざわざ来た者、通りすがりに寄った者、様々な者が参拝に訪れていた。

半兵衛、半次、音次郎は、茶を啜りながら眺めた。

参拝客は行き交った。

半兵衛は眉をひそめ、湯呑茶碗を口元で止めた。

「半次……」

半兵衛は、参拝を終えて帰る派手な半纏《はんてん》を着た遊び人を見ながら声を掠《かす》れさせた。

「はい……」

半次は、緊張した面持ちで派手な半纏を着た遊び人を追った。

「親分……」

音次郎は戸惑った。

半兵衛は、半次を見送っていた。

「旦那。親分、どうしたんですかね……」

音次郎は眉をひそめた。

「う、うん……」

半兵衛は、半次が行った鳥居の方を見たまま生返事をした。

半次は不意に動き、半兵衛は生返事……。

音次郎は困惑した。

僅かな刻が過ぎた。

半次が戻って来た。

「半次……」

半兵衛は迎えた。

「見失いました」

半次は、悔しげに告げた。

「そうか。ま、何れにしろ他人の空似《そらに》だ」

半兵衛は苦笑した。

「ええ。そいつは良く分かっているんですがね……」

半次は、鳥居を振り返って未練を覗かせた。

「旦那、親分……」

音次郎は、微かな苛立ちを滲ませた。

「うむ。音次郎、今、緋牡丹《ひぼたん》の鶴次郎《つるじろう》が通り過ぎて行ったのだ」

半兵衛は、苦笑混じりに告げた。

「緋牡丹の鶴次郎って、亡くなった鶴次郎さんですか……」

音次郎は眉をひそめた。

「ああ。もう六年も前に死んだ鶴次郎だ」

「まさか……」

音次郎は驚いた。

「勿論《もちろん》、他人の空似だが、余りにも良く似ていてね」

「それで、ひょっとしたら鶴次郎に拘わりのある奴かと思って、名前と素性を知りたくなった訳だ……」

半次は教えた。

「そうだったんですか……」

音次郎は、半兵衛と半次が思わぬ動きをした理由を知った。

「処で半次、鶴次郎に瓜二《うりふた》つの兄弟なんてのはいなかった筈だな」

半兵衛は、若い頃からの友の半次に訊いた。

「はい。鶴次郎は二親《ふたおや》をとっくに亡くし、兄弟もおりません」

半次は頷いた。

「天涯《てんがい》孤独か……」

「ええ。それで歌舞伎の太夫《たゆう》の弟子になって役者になろうとしたんですが、いろいろありましてね。役者修業を止めてあっしと一緒に旦那のお世話になった次第です」

半次は火消しの纏持《まといもち》をしていた時、半兵衛から手札を貰って岡っ引になった。

その後、鶴次郎が半次の口利きで半兵衛の許で働くようになったのだ。

「そうだったな……」

半兵衛は思い出していた。

そして、お役者崩れの鶴次郎は、父親を殺された百姓娘を庇って悪辣《あくらつ》な旗本に斬られて死んだ。

半兵衛は十手を返上し、悪辣な旗本と果し合いをして鶴次郎の無念を晴らした。

六年前の出来事だった。

「はい。それにしても旦那、良く似ていましたね……」

「うん……」

半兵衛と半次は、鶴次郎に瓜二つの男が立ち去った鳥居の方を懐かしげに眺めた。

参拝客は行き交った。

春の朝陽は不忍池に揺れていた。

半兵衛は、音次郎を従えて不忍池の畔の雑木林に入った。

雑木林の奥には、半次と町役人たちが集まっていた。

「こりゃあ、白縫さま……」

町役人たちは半兵衛を迎えた。

「やあ、御苦労さんだね」

半兵衛は、町役人たちを労った。

「旦那……」

半次は、半兵衛に筵を掛けられた死体を示した。

「うん……」

半兵衛は、筵を掛けられた死体の傍にしゃがみ込んだ。

「音次郎……」

半次は、音次郎に筵を捲れと目配せした。

「はい……」

音次郎は、死体に手を合わせて筵を捲った。

筵の下には、中年男の死体があった。

半兵衛は手を合わせ、中年男の死体を検め始めた。

死体の腹は血に汚れ、何度も突き刺された傷があった。

「腹を突き刺されたか……」

「はい。傷は四カ所あります」

「四カ所か。血の乾き具合から見て殺されたのは、昨夜《ゆうべ》遅くかな……」

半兵衛は読んだ。

「きっと。それで此の界隈《かいわい》を調べたのですが、此と云った手掛かりになるような物はありませんでした……」

半次は告げた。

「物盗りかな」

「いいえ。金の入った財布は残されておりますので……」

「物盗りの仕業《しわざ》ではないか……」

「はい。おそらく恨みかと……」

半次は読んだ。

「そうか、恨みか。それにしても結構な羽織に着物だが、仏さんの名前と身許、分かっているのかな」

「はい。仏さんは絵師の室川春斎《むろかわしゅんさい》……」

半兵衛は尋ねた。

「絵師の室川春斎……」

半兵衛は眉をひそめた。

「はい。住まいは神田連雀町《かんだれんじゃくちょう》です」

「うむ。で、昨夜は……」

「此の先の料理屋池之家《いけのや》で地本問屋《じほんどんや》の鶴亀屋《つるかめや》の旦那と酒を飲み、戌《いぬ》の刻五つ半（午後九時）過ぎに帰ったそうです」

半次は、先行して仏の名前や身許などを突き止めていた。

「ほう。地本問屋の鶴亀屋の旦那とね」

「はい。旦那の名前は甲次郎《こうじろう》です」

「で、殺された絵師の室川春斎、酒を飲んでいた時は、どんな様子だったのかな……」

「その辺は未だです」

「よし。じゃあ、先ずは料理屋の池之家に行ってみるか……」

半兵衛は、室川春斎の死体を家族に引き渡すのを許し、半次と音次郎を連れて料理屋の『池之家』に向かった。

魚が跳ねたのか、不忍池に波紋が広がった。


料理屋『池之家』は、昼過ぎの開店の仕度をしていた。

女将は、半兵衛、半次、音次郎を座敷に通して茶を出した。

「どうぞ……」

「造作を掛けるね。して昨夜、室川春斎と鶴亀屋の甲次郎、どんな様子だったのかな」

半兵衛は尋ねた。

「それはもう楽しくお酒を飲んでおいでしたけど……」

女将は、戸惑いを浮かべていた。

「楽しくねえ、何か良い事でもあったのかな」

「ええ。何でも春斎先生の絵が売れて大儲けをしたそうですよ」

「ほう、絵が売れて大儲けか……」

半兵衛は感心した。

「どんな絵なんですかね。大儲けが出来た絵ってのは……」

半次は尋ねた。

「私もどんな絵かと思って訊いたんですがね。笑うだけで教えちゃあくれないんですよ」

女将は眉をひそめた。

「教えてくれない……」

半次は、戸惑いを浮かべた。

「ええ。もう売り切れたからって……」

「へえ、そうですかい……」

半次は眉をひそめた。

「で、室川春斎と鶴亀屋の旦那、楽しく酒を飲んで戌の刻五つ半過ぎに帰ったんだね」

「はい。鶴亀屋の旦那は町駕籠を呼び、春斎先生は寄る処があると仰って歩いてお帰りになりました」

女将は頷いた。

「そうか。良く分かったよ」

半兵衛は微笑んだ。


半兵衛、半次、音次郎は、不忍池の畔から明神下の通りを神田川に向かった。

そして、神田川に架かっている昌平橋を渡り、神田八ツ小路に入った。

「半次、音次郎、殺された室川春斎の家は連雀町だったね」

「ええ……」

神田連雀町は、神田八ツ小路の八つの道筋の一つであり、近かった。

「じゃあ、室川春斎の家に行き、家族や弔《とむら》いに来る者に春斎の人柄や恨みを買っていないか聞き込んでくれ。私は通油町《とおりあぶらちょう》にある鶴亀屋の主の甲次郎に逢いに行く」

半兵衛は、半次と音次郎に指示をした。

「承知しました」

半次は頷いた。

「うん。気を付けてな……」

「はい。じゃあ……」

半次は、音次郎を従えて足早に連雀町に向かった。

「さあて、行くか……」

半兵衛は、地本問屋『鶴亀屋』のある浜町堀《はまちょうぼり》近くの通油町に急いだ。


絵師の室川春斎の家には、板塀が廻されていた。

半次と音次郎は、室川春斎の家の様子を窺った。

春斎の家は弔いの仕度をしており、急を聞いて駆け付けた者が出入りをしていた。

半次と音次郎は、近所の者たちに聞き込みを開始した。

室川春斎には、女房と十二歳の倅がいた。

「で、どんな家かな……」

半次は、木戸番に尋ねた。

「どんなって、夫婦仲は余り良くないって噂ですよ」

木戸番は眉をひそめた。

「へえ、夫婦仲、悪いんですかい……」

「ええ。旦那の春斎さん、女癖が悪いそうでしてね……」

木戸番は笑った。

「そうですか……」

半次と音次郎は、聞き込みを続けた。


地本問屋は浜町堀近くの通油町に多くあり、『鶴亀屋』もその一軒だった。

地本問屋『鶴亀屋』には、客が訪れて絵草紙《えぞうし》や錦絵《にしきえ》を選んでいた。

半兵衛は、地本問屋『鶴亀屋』の店の奥にある座敷に通された。

「鶴亀屋の主、甲次郎にございます」

甲次郎は微かな緊張を滲ませ、半兵衛に白髪交じりの頭を下げた。

「うん。私は北町奉行所臨時廻り同心の白縫半兵衛。訊きたい事があってね」

半兵衛は笑い掛けた。

「はい。何でございましょう」

甲次郎は、戸惑いを浮かべた。

絵師の室川春斎が殺された事を知らない……。

半兵衛は睨んだ。

「他でもない。昨夜、絵師の室川春斎と不忍池の畔の池之家で酒を飲んだそうだね」

「は、はい。左様にございますが……」

甲次郎は微かに狼狽え、半兵衛に探るような眼を向けた。

何だ……。

半兵衛は、甲次郎の様子に微かな戸惑いを感じた。

「あの……」

甲次郎は、遠慮がちな声を掛けて来た。

「う、うん。して甲次郎、昨夜、春斎は池之家の後、誰かと逢うとか、何処かに行くとか云っていなかったかな」

半兵衛は尋ねた。

「さあ、別に聞いておりませんでしたが、春斎さんがどうかしたのですか……」

甲次郎は、半兵衛に怪訝な眼を向けた。

「うん。昨夜、不忍池の畔で殺されてね」

半兵衛は、甲次郎を見据えて告げた。

「えっ。殺された。春斎さんが……」

甲次郎は驚き、激しく狼狽えた。

「うん……」

「誰に、どうしてですか……」

甲次郎は、嗄れ声を震わせた。

「そいつが分からないので、お前さんに訊きに来た訳だが、春斎を殺したい程、恨んでいる奴を知らないかな……」

半兵衛は訊いた。

「春斎さんを殺したい程、恨んでいる奴……」

甲次郎は、困惑を浮かべた。

「そうだ。知らないかな……」

「は、はい。手前は知りません。何も知りません」

甲次郎は、怯えを滲ませた。

「そうか。何も知らないか……」

「はい……」

「ならば甲次郎、昨夜は春斎の描いた絵が売れて大儲けをしたと、楽しい酒を飲んだそうだが、どんな絵なんだい」

半兵衛は尋ねた。

「そ、それが美人画《びじんが》ですが、既に売り切れて、一枚も残っていないのです」

「ほう。そいつは残念だね。で、どんな美人画なんだい……」

「は、はい。各岡場所で一番と評判の遊女の美人画にございます」

美人画で描かれるのは主に遊女か芸者などであった。

「そうか……」

半兵衛は微笑んだ。


絵師の室川春斎は、地本問屋『鶴亀屋』から錦絵を出していた。

半次と音次郎は、弔いに来た同業の絵師に春斎の絵の特徴を訊いた。

春斎の絵の多くは美人画であり、その顔は描かれた女が何処の誰か直ぐに分かるとされていた。

その写実的な画風が春斎の特徴であり、美人画の人気の元とされていた。

「へえ、そうなんですか……」

音次郎は感心した。

「処で春斎さん、誰かに恨まれているような事はなかったですかね」

半次と音次郎は、聞き込みを続けた。だが、同業の絵師たちの中に、春斎が殺される程の恨みを買っているのを知る者はいなかった。

「室川春斎、本当に恨まれて殺されたんですかね……」

音次郎は首を捻った。

「だが、一両二朱入りの財布が残されていた限り物盗りじゃあない。残るは恨みか、出会い頭の喧嘩《けんか》、それとも乱心した奴の血迷った所業《しょぎょう》……」

半次は、読んでみせた。

「やっぱり恨みですかねえ……」

音次郎は、絵師の室川春斎が恨みで殺されたと認めるしかなかった。

「そうだろうな……」

「はい。じゃあ親分、引き続き春斎を恨んでいる奴を捜しますか……」

「ああ……」

半次と音次郎は、聞き込みを続けた。

地本問屋『鶴亀屋』は、客たちが様々な錦絵を広げていた。

中々の繁盛だ……。

半兵衛は、甲次郎に見送られて『鶴亀屋』を後にした。そして、通油町の自身番に向かった。

「こりゃあ白縫さま……」

通油町の自身番の店番と番人は、訪れた半兵衛を迎えた。

「やあ。ちょいと茶でも貰おうか……」

半兵衛は、自身番の狭い畳の間にあがらず戸口に腰掛けた。

「どうぞ……」

番人が茶を淹《い》れ、半兵衛に差し出した。

「造作を掛けるね。戴くよ」

半兵衛は茶を啜った。

「白縫さま、今日は……」

「うん。地本問屋の鶴亀屋の甲次郎にちょいと用があってね」

「ああ。鶴亀屋の甲次郎旦那ですか……」

「うん。店も繁盛しているし、中々の商売上手のようだね」

「えっ、ええ。商売はいろいろと工夫をしているようですよ」

「ほう。例えばどんな工夫かな……」

「はい。毎月、登録した馴染客《なじみきやく》だけに人気絵師の新作美人画を売るって商売でしてね。枚数が限られているだけに、何れは高値になると、そりゃあ人気ですよ」

「成る程ねえ……」

半兵衛は、甲次郎の商売の遣り方に抜け目のなさを感じた。

「これは白縫さま……」

自身番の家主が、出先から帰って来た。

「おう。お邪魔しているよ。何処の帰りだ」

「はい。小舟町《こぶなちよう》の自身番に詰めている家主の娘さんの四十九日でしてね。ちょいと……」

「へえ、家主の娘の四十九日とはね」

「ええ。小舟小町と呼ばれた綺麗な娘さんでしたのに、日本橋川に身投げしましてね……」

「小町娘が身投げ……」

半兵衛は眉をひそめた。

「ええ。何があったのか、気の毒に……」

「身投げの理由、分からないのか……」

「はい……」

「そうか……」

半兵衛は、小町娘の身投げの理由が分からないのが気になった。

二

神田連雀町は小さな町だ。

半次と音次郎は、連雀町の隅々迄歩き廻って聞き込みを続けた。

絵師の室川春斎の評判は、取り立てて良くも悪くもなかったが、殺したい程に恨んでいる者も浮かばなかった。


連雀町に夕陽が斜めに差し込んだ。

春斎の家には坊主が訪れ、弔いが始まった。

坊主の読む経は、朗々《ろうろう》と続いた。

半次と音次郎は、訪れる弔問客に不審な者を捜した。

同業の絵師、版元《はんもと》の者、そして親類と近所の人たち……。

弔い客は余り多くはなかった。

「親分……」

音次郎は、半次に春斎の家の斜向かいの路地を示した。

「どうした……」

半次は、音次郎の視線を追った。

鶴次郎……。

視線の先の路地の入口には、鶴次郎に良く似た男が身を潜めていた。

「野郎、鶴次郎さんに良く似た野郎じゃありませんか……」

音次郎は眉をひそめた。

「ああ……」

半次は頷いた。

鶴次郎に良く似た男は、派手な半纏の裾を翻《ひるがえ》して路地から立ち去った。

「音次郎、此処を頼む……」

「承知……」

半次は、音次郎を残して鶴次郎に良く似た男を追った。

日本橋と神田八ツ小路を結ぶ大通りは、仕事を終えて家に帰る者たちが行き交っていた。

鶴次郎に良く似た男は、大通りを日本橋に向かった。

半次は追った。

鶴次郎に似た男は、大通りを進んで本町《ほんちよう》二丁目と三丁目の辻を東に曲がった。

東に曲がった通りは、両国広小路に抜けている。

鶴次郎に似た男は、大伝馬町《おおでんまちよう》から通旅籠町《とおりはたごちよう》を抜けて通油町に差し掛かった。

通油町……。

半次は眉をひそめた。

通油町には、地本問屋『鶴亀屋』がある。

地本問屋『鶴亀屋』には、半兵衛の旦那が行っている。

何処に行くのだ……。

半次は、鶴次郎に良く似た男を追った。

鶴次郎に良く似た男は二十歳半ばであり、死んだ鶴次郎より若かった。

良く似た男に緋牡丹の半纏を着せれば、まさに若い頃の鶴次郎だ。

半次は、微かな懐かしさを覚えながら鶴次郎に良く似た男を追った。

連なるお店には明かりが灯され始めた。
鶴次郎に似た男は、既に閉められたお店の軒下《のきした》に佇んで斜向かいの店を窺った。
半次は、斜向かいの店を見た。
斜向かいには地本問屋『鶴亀屋』があり、奉公人たちが店を閉めていた。
地本問屋『鶴亀屋』……。
半次は、鶴次郎に良く似た男を窺った。
鶴次郎に良く似た男は、大戸を閉めていく地本問屋『鶴亀屋』を見詰めていた。
何か用でもあるのか……。
半次は、鶴次郎に良く似た男を見守った。
お店の軒行燈《のきあんどん》に灯された明かりは、通油町に連なって夜を彩った。
絵師室川春斎の弔いは続いていた。
音次郎は、出入りする弔問客を見守っていた。

「音次郎……」

半兵衛が現れた。

「旦那……」

音次郎は迎えた。

「弔いに変わった事はないか……」

「はい。別に……」

音次郎は告げた。

「そうか……」

「それで旦那、鶴亀屋の旦那、何か知っていましたか……」

「うん。鶴亀屋の旦那の甲次郎、いろいろありそうだ」

半兵衛は、小さな笑みを浮かべた。

「そうですか……」

「で、室川春斎の評判、どうなのだ」

「そいつが、夫婦仲は良くなかったそうでしてね。周りの評判も余り悪くはありませんが、取り立てて良くもありませんよ」

「恨まれているような事は……」

「弔いに来た絵師や版元に訊いたんですがね。皆、知らないと……」

音次郎は眉をひそめた。

「そうか。して半次は……」

「そいつが旦那、鶴次郎さんに良く似た野郎が現れましてね」

「鶴次郎に良く似た奴……」

半兵衛は、音次郎に怪訝な眼を向けた。

「はい。で、親分が追いました」

「そうか。鶴次郎に良く似た奴が現れたのか」

「ええ。路地から春斎の家を見ていました」

「春斎の家をな……」

「ええ……」

音次郎は頷いた。

鶴次郎に良く似た男は、殺された絵師の室川春斎と拘わりがあるのか……。

半兵衛は眉をひそめた。

地本問屋『鶴亀屋』の大戸の潜り戸が開いた。

鶴次郎に良く似た男は、斜向かいのお店の軒下の暗がりに潜んだ。

半次は見守った。

地本問屋『鶴亀屋』の潜り戸から、旦那らしい男が番頭に見送られて出て来た。

「じゃあ番頭さん、後は頼みますよ」

「はい。では旦那さま、お気を付けて……」

地本問屋『鶴亀屋』主の甲次郎……。

半次は見定めた。

甲次郎は番頭に見送られ、通油町の通りを西に向かった。西には日本橋と神田八ツ小路を結ぶ大通りがある。

鶴次郎に良く似た男は、暗がりから出て甲次郎を追った。

鶴亀屋甲次郎を相手に何かする気だ……。

半次は、鶴次郎に良く似た男と甲次郎に続いた。

甲次郎は何処に行くのか……。

鶴次郎に似た男は何をする気なのか……。

半次は二人を追った。

日本橋と神田八ツ小路を結ぶ大通りは、行き交う人も少なくなった。
甲次郎は、本町二丁目と三丁目の辻に出て神田八ツ小路に向かった。
鶴次郎に似た男は追った。
甲次郎は、神田連雀町の絵師室川春斎の家に弔いに行くのか……。
半次は読んだ。
次の瞬間、先を行く鶴次郎に似た男の右手に握られた物が月明かりに光った。
匕首《あいくち》……。
半次は緊張した。
鶴次郎に似た男は、匕首を握って地を蹴って甲次郎に走った。
甲次郎は振り返り、迫る鶴次郎に似た男に気付いて立ち竦んだ。
拙《まず》い……。
半次は、呼子笛を吹き鳴らして走った。
鶴次郎に似た男は振り返り、駆け寄って来る半次に怯んだ。
半次は迫った。
鶴次郎に似た男は、咄嗟に横手の裏路地に駆け込んだ。

半次は追った。

「丈八《じょうはち》……」

甲次郎は、怯えた面持ちで呟いた。

鶴次郎に似た男は、派手な半纏を翻して狭く暗い裏路地を走った。

半次は追った。

鶴次郎に似た男は、一帯《いったい》に土地勘があるのか裏路地を良く知っており、敏捷《びんしょう》に駆け抜けた。

半次は懸命に追った。

鶴次郎に似た男は、裏路地を巧みに駆け抜けて角を曲がった。

半次は、鶴次郎に似た男に続いて裏路地の角を曲がった。

角を曲がると裏通りだった。

半次は、裏路地から駆け出して立ち止まった。

裏通りに連なる家々には、小さな明かりが灯されていた。

半次は、裏通りの左右を見廻した。

裏通りの左右に人影はなかった。

見失った……。

半次は、鶴次郎に似た男に逃げられたのを知った。


絵師の室川春斎の弔いは終わったのか、弔問客たちが帰り始めた。

半兵衛と音次郎は見守った。

「弔い、終わったんですかね……」

音次郎は、室川春斎の家を窺った。

「うむ。どうやら何事もなく終わったようだ」

半兵衛は、小さな笑みを浮かべた。

「旦那、音次郎……」

半次が現れた。

「おう。鶴次郎に良く似た奴はどうした」

半兵衛は尋ねた。

「逃げられて仕舞いましたよ」

半次は、悔しさを露わにした。

「逃げられた……」

半兵衛は眉をひそめた。

「野郎、地本問屋の鶴亀屋を見張り、出掛けた旦那の甲次郎を追い、匕首を握って襲い掛かろうとしましてね……」

半次は、事の顚末《てんまつ》を話した。

「そいつは御苦労だったな」

半兵衛は苦笑した。

「いいえ。で、鶴亀屋の甲次郎旦那、弔いに来ましたか……」

「いいや。来なかったよ」

「来なかった……」

半次は眉をひそめた。

「うむ。恐ろしくなって店に帰ったのか、それとも……」

半兵衛は、甲次郎の動きを読んだ。

鶴次郎に良く似た男は、地本問屋『鶴亀屋』主の甲次郎を襲おうとした。

絵師の室川春斎を殺したのは、鶴次郎に良く似た男なのかもしれない。

もしそうだとしたら、鶴次郎に似た男は何故にそんな真似をしたのだ。

版元の地本問屋の旦那と絵師……。

おそらくそこには、室川春斎が描き、地本問屋『鶴亀屋』の甲次郎が売った美人画が絡んでいるのだ。

半兵衛は睨んだ。


地本問屋『鶴亀屋』は、いつも通りに店を開けていた。

半兵衛は、地本問屋『鶴亀屋』の表を見廻した。

やって来た二人の浪人が、地本問屋『鶴亀屋』に入って行った。

「半次、音次郎……」

「旦那。甲次郎、用心棒を雇ったようですね」

半次は睨んだ。

「うん……」

半兵衛は苦笑した。

「用心棒ですか……」

音次郎は眉をひそめた。

「ああ。絵師の室川春斎が殺され、自分も襲われそうになった。用心棒を雇いたくもなるだろうな……」

「じゃあ、春斎が殺された一件には、鶴亀屋の旦那の甲次郎も拘わっていますか……」

半次は読んだ。

「おそらくな。そして、甲次郎は鶴次郎に良く似た奴の事も何か知っているだろうね」

半兵衛は睨んだ。

「ええ……」

「そして、鶴次郎に良く似た奴は、又甲次郎の命を狙おうと、何処からか鶴亀屋を見張っている筈だ」

半兵衛は告げた。

半次と音次郎は、慌てて辺りを見廻した。

だが、鶴次郎に良く似た男の姿は、何処にも見えなかった。

「で、どうします……」

半次と音次郎は、半兵衛の指示を仰いだ。

「うん。肝心なのは、鶴次郎に良く似た奴が現れたり、甲次郎が動く時だ。それ迄、じっくり待つんだな」

半兵衛は命じた。

「はい……」

半次と音次郎は頷いた。

「私は甲次郎の尻に火を付けてやるよ」

半兵衛は、甲次郎に逢って鶴次郎に良く似た男の素性と拘わりを厳しく尋ね、動かすつもりだった。

「承知しました……」

半次は苦笑した。

「じゃあな……」

半兵衛は、半次と音次郎を残して地本問屋『鶴亀屋』に向かった。

地本問屋『鶴亀屋』では、奉公人たちが絵草紙や錦絵などを用意して客の来るのを待っていた。

「邪魔するよ」

「いらっしゃいませ……」

半兵衛は、手代たちに迎えられた。

「やあ。北町奉行所の白縫半兵衛だが、旦那はいるかな……」

半兵衛は、手代たちに笑い掛けた。

「は、はい。少々お待ち下さい」

手代は、店の奥に入って行った。

半兵衛は、框に腰掛けて店内を窺った。

母屋《おもや》に続く入口や店の隅の物陰には用心棒の浪人がおり、秘かに警戒をしていた。

半兵衛は苦笑した。


半兵衛は、奥の座敷に通された。

襖《ふすま》の閉められた隣室には、人の潜んでいる気配がした。

用心棒の浪人か……。

半兵衛は読んだ。

甲次郎は、緊張した面持ちで座敷に入って来た。

「お待たせ致しました。白縫さま……」

「やあ……」

半兵衛は笑い掛けた。

「本日は何か……」

甲次郎は、半兵衛に探るような眼を向けた。

「うん。他でもない。昨夜、若い男に襲われそうになったね」

半兵衛は、小細工なしに切り出した。

「えっ……」

甲次郎は、微かな怯えを浮かべた。

「誰なんだい。お前の命を狙っている若い男は……」

「ぞ、存じません……」

甲次郎は、嗄れ声を引き攣らせた。

「じゃあ、お前は知らない若い男に理由もなく、命を狙われている訳だな」

半兵衛は、嘲笑を浮かべた。

「そ、それは……」

甲次郎は口籠もった。

「甲次郎、おそらく若い男は絵師の室川春斎を殺した……」

「室川春斎を……」

「うむ。昨夜、見た筈だよ。お前の命を獲《と》ろうとした若い男の顔。何処の誰なんだい」

半兵衛は、甲次郎を厳しく見据えた。

「し、白縫さま……」

「甲次郎、どうしても知らぬと云い張るのなら、人殺しを匿《かくま》った罪でお縄にするよ」

半兵衛は、笑顔で脅した。

「丈八です。昨夜、手前を襲おうとした若い男は、丈八と云う奴です」

甲次郎は吐いた。

「丈八だと……」

「はい……」

「何者だ……」

「小舟町の小料理屋の板前です」

「板前の丈八か……」

「はい……」

甲次郎は頷いた。

「小料理屋の屋号は……」

「若月《わかつき》です……」

「小舟町は小料理屋の若月の板前、丈八だね」

半兵衛は、鶴次郎に良く似た若い男の名と素性を知った。

「はい……」

「分かった。造作を掛けたな……」

半兵衛は座を立った。

隣室の人の気配が揺れた。

「甲次郎、余計な真似をすると命取りだよ」

半兵衛は、甲次郎に笑顔で告げて座敷を出て行った。

甲次郎は、腹立たしげに見送った。

「旦那……」

二人の浪人が、隣室から入って来た。

「今村《いまむら》さん、丈八は本当に若月にいなかったんだな」

甲次郎は、今村と云う浪人に念を押した。

「ああ。間違いない……」

今村は頷いた。

「そうか。確か丈八は深川の平清《ひらせい》で板前修業をしたと聞いた覚えがある。そこで尋ねれば何か分かるかもな……」

甲次郎は告げた。

深川『平清』は、山谷《さんや》の『八百善《やおぜん》』と並ぶ江戸でも名高い料理屋だ。

「深川の平清か……」

今村は眉をひそめた。


「鶴次郎に良く似た若い男、小舟町の小料理屋若月の板前の丈八ですか……」

半次は知った。

「うん。此から音次郎と小舟町に行ってみるが、おそらく姿を隠しているだろう。半次、お前は甲次郎と浪人共の動きをな……」

半兵衛は命じた。

「承知……」

半次は頷いた。

「じゃあ行くよ、音次郎……」

「合点です」

半兵衛は、音次郎を従えて小舟町に向かって行った。

半次は見送り、地本問屋『鶴亀屋』の見張りを続けた。

今村たち二人の浪人が『鶴亀屋』から現れ、浜町堀に向かった。

「よし……」

半次は追った。

三

西堀留川《にしほりどめがわ》は鈍色に輝いていた。

小舟町は通油町と遠くはなく、西堀留川沿いにあった。

「此処ですよ……」

小舟町の木戸番善助《ぜんすけ》は、半兵衛と音次郎を小料理屋『若月』に案内した。

「此処か……」

半兵衛は、小料理屋『若月』を眺めた。

西堀留川沿いにある小料理屋『若月』は、洒落《しやれ》た格子戸《こうしど》で落ち着いた佇まいの小体《こてい》な店だった。

「若月は、此処暫《しばら》く店を開けちゃあいませんし、板前の丈八さんもいないようですね」

木戸番の善助は、眉をひそめて告げた。

「旦那……」

音次郎は、半兵衛を窺った。

「うん……」

半兵衛は頷いた。

音次郎は、小料理屋『若月』の格子戸を開けようとした。

格子戸は軽やかに開いた。

「旦那……」

音次郎は、店内に入って良いかと半兵衛に目顔《めがお》で尋ねた。

「よし……」

半兵衛は頷いた。

音次郎は、小料理屋『若月』に入った。

狭い店内は薄暗く、人の気配はなかった。

半兵衛と音次郎は、店と板場、そして奥にある畳の間を調べた。

店や板場は勿論《もちろん》、畳の間も薄暗く冷え冷えとしていた。だが、綺麗に掃除されてれ、片付けられていた。

板前の丈八は、几帳面《きちようめん》で真面目な人柄なのかもしれない。

半兵衛は丈八の人柄を読み、板場の竈《かまど》の灰を調べた。

灰は既に冷たく固まっていた。

「誰もいなくなって大分経っていますね」

音次郎は、畳の間を見廻して読んだ。

「うん。処で善助……」

半兵衛は、木戸番の善助を呼んだ。

「は、はい……」

「丈八は一人で若月を営んでいたのかな」

「はい。ま、馴染は近所の御隠居や大工の棟梁《とうりよう》、お店の番頭さん方ですからね。

一人で大丈夫だったんでしょうね」

「そうか。で、店は丈八の持ち物なのかな」

「いいえ。どんなに狭い店でも自分で買える程の歳じゃありません。若月は、家主の喜三郎《きさぶろう》旦那の物で、丈八さんは雇われ板前で、若月を任されているんですよ」

「そうか。雇われ板前か……」

「はい……」

「して、家主の喜三郎の家は何処だ」

「喜三郎旦那の家ですか……」

木戸番の善助は、微かな躊躇《ためら》いを滲ませた。

「どうかしたのか……」

「いえ。喜三郎旦那、お嬢さんの四十九日が終わったばかりでしてね。墓参りに行っていて、お留守かもしれません」

善助は告げた。

「お嬢さんの四十九日……」

何処かで聞いた話だ……。

半兵衛は、通油町の自身番に詰めている家主の話を思い出した。

日本橋川に身投げした小舟小町……。

「善助、身投げした家主の喜三郎の娘、ひょっとしたら小舟小町と呼ばれていたんじゃあないかな」

半兵衛は訊いた。

「は、はい。左様にございます」

善助は、戸惑った面持ちで頷いた。

「そうか。若月の持ち主の家主の喜三郎の娘だったのか、身投げした小舟小町は……」

「はい。おさよさんって仰いましてね。喜三郎旦那が随分と可愛がっておりまして、それなのに……」

「善助さん、娘のおさよさん、どうして身投げをしたんですか……」

音次郎は尋ねた。

「さあ。そいつが皆目《かいもく》分からないのですよ」

善助は眉をひそめた。

「だが、身投げに間違いはないんだね」

半兵衛は念を押した。

「そりゃあもう。思案橋《しあんばし》から身投げをするのを見た者が何人もいましてね。間違いはありません」

「そうか……」

半兵衛は頷いた。

深川の料理屋『平清』は繁盛していた。

地本問屋『鶴亀屋』甲次郎の用心棒の今村たち二人の浪人は、料理屋『平清』を窺っていた。

半次は見守った。

板前の丈八は、料理屋『平清』と拘わりがあるのかもしれない。

もしそうなら、二人の浪人は板前の丈八を捜しに来たのだ。

勿論、地本問屋『鶴亀屋』の甲次郎に頼まれての事だ。

半次は読んだ。

甲次郎は、丈八を見付け出してどうするつもりなのだ。

絵師の室川春斎の仇を討つ気か……。

それとも……。

半次は、厳しさを滲ませて二人の浪人を見守った。

小料理屋『若月』の持ち主、家主の喜三郎は折良く家にいた。

家主の喜三郎は、訪れた半兵衛と音次郎を座敷に通した。

「いや。娘さんの四十九日で何かと忙しい時に手間を取らせてすまないね」

半兵衛は詫びた。

「いいえ。それで白縫さま、何か……」

喜三郎は、半兵衛に怪訝な眼差しを向けた。

「そいつなんだがね。小料理屋の若月は、お前さんの持ち物で板前の丈八に任せているんだね」

半兵衛は確かめた。

「左様にございますが……」

「ならば、若月を丈八に任せた理由は……」

「はい。それは先《ま》ず、若いのに腕の良い板前でしてね。人柄は真面目で穏やか、客あしらいも良く、飲む打つ買うも程々で、信用出来ると……」

喜三郎は微笑んだ。

「ほう。悪い処はないようだね」

「はい。ま、気になる処と云えば、若い故の派手な半纏ぐらいですか……」

喜三郎は苦笑した。

半兵衛は、丈八の派手な半纏を思い浮かべた。

「白縫さま、丈八が何か……」

「うむ。それより、今は若月を閉めているようだが、そいつはお前さんの指図かな」

「えっ、いえ。丈八が若月を閉めたいと云い出しましてね。それで……」

「丈八が閉めたいと……」

半兵衛は眉をひそめた。

「はい……」

「ならば今、丈八はお前さんと……」

「何の拘わりもございませんが、白縫さま……」

喜三郎は、微かな不安を過ぎらせた。

「うん。実はね喜三郎、丈八、どうも室川春斎と云う絵師を殺したようなのだ」

「丈八が絵師を……」

喜三郎は、激しく驚いて声を震わせた。

「うむ。喜三郎、丈八が絵師の室川春斎を殺した理由、心当たりはあるかな……」

半兵衛は、喜三郎を見詰めた。

「殺した心当たりですか……」

喜三郎は、思わず半兵衛を見返した。

「そうだ……」

半兵衛は、喜三郎を見詰めたまま頷いた。

「いいえ。ございません」

喜三郎は、半兵衛から眼を逸らせた。

何か知っている……。

半兵衛の勘が囁いた。

「喜三郎……」

「白縫さま、手前は何も知りません。それに丈八が絵師を殺したのは、若月を閉めて手前と拘わりがなくなってからの事ですので……」

喜三郎は、厳しい面持ちで半兵衛を見詰めた。

「そうか、何も知らぬか……」

半兵衛は微笑んだ。

半兵衛と音次郎は、家主の喜三郎の家を後にした。

「旦那……」

音次郎は眉をひそめた。

「家主の喜三郎は、何か知っているか……」

半兵衛は、小さな笑みを浮かべた。

「はい。きっと……」

音次郎は睨んだ。

「だったら何故、黙っているのか……」

「ええ……」

「もう若月を辞め、拘わりのなくなった丈八を何故、庇うような真似をするのか……」

半兵衛は、喜三郎の腹の内を読もうとした。

「旦那、ひょっとしたら丈八、喜三郎旦那の為に春斎を……」

音次郎は読んだ。

「よし。音次郎、若月の馴染客に当たり、丈八がどうして若月を閉めたかや家主の喜三郎との拘わり、詳しく調べるのだ」

半兵衛は命じた。


深川の料理屋『平清』は、休息の時を迎えていた。

板前や台所女中たちは、遅い昼飯を食べて茶を飲み、束の間《つかま》の休息を楽しんでいた。

二人の浪人は、裏庭で煙草を吸っていた板前たちに近付き、それとなく丈八の事を尋ねた。だが、板前たちは首を横に振り、早々に二人の浪人から離れた。

流石は格式の高い料理屋『平清』の奉公人であり、口は固かった。

二人の浪人の聞き込みは、首尾良くいかなかった。

半次は苦笑した。


月番の北町奉行所は、公事訴訟《くじそしょう》で朝早くから訪れていた公事師や下代《げだい》、依頼人たちも帰り、静けさを取り戻していた。

半兵衛は同心詰所に戻り、小舟町の家主喜三郎の娘おさよの身投げの覚書を探した。

「此か……」

覚書はあった。

半兵衛は、おさよ身投げの一件の覚書に眼を通した。

おさよは、夕暮れ時に東堀留川と日本橋川の交わる処に架かっている思案橋から身投げをしていた。

夕暮れ時の思案橋には行き交う人もかなりおり、おさよが一人長い間佇んだ挙げ句、日本橋川に飛び込んだのを見た者は何人もいた。

身投げに疑問の余地はない……。

扱った同心は、只《ただ》の身投げとしておさよの死を始末した。

確かに身投げには違いない。だが、理由によっては、只の身投げとは云えなくなる。

おさよは、二十歳で小舟小町と称される程の娘だ。

行く末には夢や望みがあった筈だ。しかし、身投げをして自分の行く末を断ち切った。

何故だ……。

そして、鶴次郎に良く似た板前の丈八は、おさよの身投げに拘わりがあるのか
……。

半兵衛は、想いを巡らせた。

「やあ、半兵衛さん……」

定町廻り同心の風間鉄之助が、出先から戻って来た。

「おう……」

半兵衛は、風間を一瞥して覚書を読み続けた。

「へえ、珍しく忙しそうですね……」

「大きなお世話だ。風間、お前は何をしているんだ」

「そうだ半兵衛さん、此奴《こいつ》を見て下さい」

風間は、懐から折り畳んだ一枚の絵を取り出した。

「何だ、絵か……」

「ええ……」

風間は、畳まれた絵を広げた。

「うん……」

半兵衛は、絵を見て思わず眼を瞠《みは》った。

絵は、裸の年増が哀しげな顔で男に抱かれている春画だった。

「中々の出来でしょう……」

風間は苦笑した。

「うん……」

春画の中の男と女の顔は、似顔絵のように描かれていた。そして、その表情や肉体などのすべてにおいて誇張も誇大もなく精緻《せいち》に描かれていた。

「どうしたんだ、此の春画……」

半兵衛は、風間に尋ねた。

「そいつが世間に秘かに出廻っていましてね。かなりの人気で高値が付いているとか……」

風間は笑った。

「高値か……」

「ええ。それで半兵衛さん、絵に描かれている女ですが、堅気の女だと専《もっぱ》らの噂でしてね」

「堅気の女……」

半兵衛は眉をひそめた。

「ええ。御存知のように、春画や危絵《あぶなえ》に描くのは遊女や芸者が決まり。それで大久保さまがちょいと調べてみろと仰いましてね」

「して、此の春画を描いた絵師や版元は突き止めたのか……」

「いえ。そいつがなにしろ店先で売っているようなものじゃありませんから未だ……」

「そうか……」

「どうです。何か心当たりはありませんか……」

「心当たりか……」

「ええ……」

「まあ、ない事もないが……」

半兵衛は、殺された絵師の室川春斎と地本問屋『鶴亀屋』の甲次郎を思い浮かべた。

「あるんですか……」

風間は、身を乗り出した。

「風間、その春画、ちょいと貸して貰うよ」

「は、はい。そいつは構いませんが……」

「お前は、此の手の他の春画も急いで集めてみるのだな」

「他の春画もですか……」

風間は眉をひそめた。

「ああ……」

半兵衛は頷いた。


伊勢町《いせちょう》の瀬戸物屋は、西堀留川の堀留に架かっている雲母橋《きらずばし》の傍にあった。

瀬戸物屋の隠居は、聞き込みに来た音次郎を西堀留川の堀端の縁台に誘った。

「で、若月の丈八かい……」

隠居は、煙管《きせる》を燻《くゆ》らせながら訊き返した。

「ええ。どんな風でしたかね」

音次郎は尋ねた。

「そりゃあ、丈八は流石に深川は平清で鍛えた板前。料理も美味《うま》いし、酒もそれなりに吟味をしていてねえ……」

隠居は、眼を細めて煙草の煙を立ち昇らせた。

「じゃあ、店仕舞いしちまって残念ですね」

「ああ。棟梁や錺職《かざりしょく》の親方もがっかりしているよ」

隠居は、小料理屋『若月』の他の馴染客の名前を出した。

「そうですか……」

「ああ……」

「それにしても丈八さん、どうして若月を閉めちまったんですかね」

音次郎は首を捻った。

「そりゃあきっと、おさよちゃんが身投げしたからだよ」

「おさよちゃん……」

音次郎は眉をひそめた。

「ああ……」

「おさよちゃんて、家主の喜三郎さんの娘さんですか……」

「うん。おさよちゃんは、小舟小町と云われた器量好《きりょうよ》しでね。若月に時々手伝いに来ていてね……」

「若月に手伝い……」

「ああ。棟梁や錺職の親方は、おさよちゃんは丈八に惚れているって冷やかしてねえ」

「おさよちゃん、丈八に惚れていた……」

「うん。尤《もっと》も丈八もおさよちゃんに惚れていたけどな」

「相惚れですかい……」

「うん。喜三郎さんも丈八の腕や人柄を気に入っていてね。何れは二人に所帯を持たせるつもりだった筈だよ」

「そうだったんですか……」

「うん。で、おさよちゃんが身投げして、丈八、若月を辞めたくなったのかもな……」

「ええ。若月で商売を続けると、おさよちゃんや楽しい思い出が蘇《よみがえ》り、辛くなるのかもしれませんね」

音次郎は、丈八と身投げしたおさよが恋仲だったのを知った。

西堀留川の流れは澱《よど》み、夕陽に鈍色に輝いていた。

四

囲炉裏の火は燃えていた。

「で、浪人共は地本問屋の鶴亀屋に戻ったのかい……」

半兵衛は酒を飲んだ。

「ええ。丈八の行方は分からないままに……」

半次は笑った。

「そうか……」

「旦那、鶴亀屋の甲次郎、絵師の室川春斎の次に自分が殺されると思い、何とか捜し出そうとしているんですかね」

半次は読んだ。

「殺される前に殺すか……」

「ええ。甲次郎の奴、絵師の春斎と連《つる》んで丈八に恨まれるような事をしたんですぜ」

「うむ。そいつが何かだな」

「はい……」

半兵衛と半次は、酒を飲んだ。

「只今《ただいま》、戻りました」

音次郎が、台所の勝手口から帰って来た。

「おお、御苦労さん、ま、暖まりな……」

半兵衛は、音次郎を労って湯呑茶碗に酒を満たした。

「ありがとうございます」

音次郎は、囲炉裏端に座って湯呑茶碗の酒を啜った。

「で、何か分かったかい……」

「はい。丈八と身投げした家主の喜三郎さんの娘のおさよ、恋仲だったそうですよ」

音次郎は告げた。

「丈八とおさよが恋仲……」

半兵衛は眉をひそめた。

「はい。父親の喜三郎さんも二人の仲を認めていて、何れは所帯を持たせるつもりだったとか……」

「そうだったのか……」

半兵衛は知った。

「はい……」

「ですが、おさよは身投げをした。旦那、丈八の春斎と甲次郎に対する恨みは、おさよの身投げが拘わりがあるんじゃあ……」

半次は読んだ。

「うん。おそらくな……」

半兵衛は頷いた。

丈八が絵師の室川春斎を殺し、地本問屋の『鶴亀屋』の甲次郎の命を狙う背後には、おさよの身投げが秘められているのだ。

半兵衛は睨んだ。

囲炉裏の火は燃え上がり、炎は大きく踊った。


地本問屋『鶴亀屋』は、いつも通りに商いを続けていた。

半兵衛は、地本問屋『鶴亀屋』の周囲に浪人たちが潜んでいるのに気付いた。

行方の分からない丈八の襲撃を警戒している……。

半兵衛は苦笑した。

丈八は、何処かから『鶴亀屋』の甲次郎が動くのを見張っており、既に警戒の厳しさに気が付いている筈だ。

半兵衛は、丈八が『鶴亀屋』の見える処に潜んでいると睨み、半次や音次郎とその場所を洗った。しかし、丈八を見付け出す事は出来なかった。

「旦那、親分……」

音次郎が、『鶴亀屋』の裏手から駆け寄って来た。

「どうした……」

「下男の父っつあんに訊いたんですがね。旦那の甲次郎、お内儀や子供を母屋の奥に入れ、用心棒の浪人共を傍に置いて苛々しているそうですぜ」

「甲次郎、身に覚えがあるとみえて、行方の分からない丈八をかなり恐れていますね」

半次は笑った。

「うん……」

「此のままじゃあ、暫くは埒《らち》が明きませんかね……」

半次は眉をひそめた。

「そうはさせないよ……」

半兵衛は、厳しい面持ちで告げた。

「やあ、忙しい処、すまないねえ」

半兵衛は、『鶴亀屋』の座敷に入って来た甲次郎に笑い掛けた。

「白縫さま、今日はどのような……」

甲次郎は、半兵衛を面倒臭そうに一瞥した。

「うん。そいつなんだがねえ……」

「春斎さんを殺した丈八、見付かったのですか……」

甲次郎は、苛立ちを浮かべた。

「いや。甲次郎、今日は違う一件だ……」

半兵衛は苦笑した。

「えっ……」

「此奴を見て貰おうか……」

半兵衛は、甲次郎を見詰めながら風間から借りた春画を置いた。

甲次郎は、思わず狼狽えた。

「甲次郎、此奴は堅気の女を描いた御法度の春画だ……」

半兵衛は、厳しい面持ちで告げた。

「は、はい……」

甲次郎は怯んだ。

「絵師が誰で版元は何処か、分かるなら教えて貰いたいのだがね」

半兵衛は、甲次郎を見据えて訊いた。

「し、白縫さま、此の絵は……」

甲次郎は、半兵衛に探るような眼を向けた。

「近頃、好事家《こうずか》の間に秘かに出廻っているものでね。北町奉行所吟味方与力の大久保忠左衛門さまが絵師と版元を突き止めて厳しく仕置すると、激怒されてね。同心のみんなが急ぎ探索を始めたって訳だ」

「そ、そうなんですか……」

甲次郎は、微かに声を引き攣らせた。

「うむ。で、甲次郎、此の春画の絵師と版元、分かるかな……」

「さあ、手前は存じません……」

甲次郎は、慌てて首を横に振った。

「そうか。甲次郎は知らないか。いや、造作を掛けたな……」

半兵衛は、甲次郎に冷たい一瞥を与えて座敷を出て行った。

甲次郎は、呆然《ぼうぜん》とした面持ちで座り込んだままだった。

地本問屋『鶴亀屋』主の甲次郎は、必ず動く……。

半兵衛は、『鶴亀屋』を見詰めた。

「旦那、親分……」

音次郎は、浜町堀の方を示した。

半兵衛と半次は、音次郎の示した浜町堀の方を見た。

『鶴亀屋』の小僧が町駕籠を呼んで来た。

「町駕籠を使うとなると、旦那の甲次郎ですか……」

半次は読んだ。

「きっとな。漸く動く気になったようだ」

半兵衛は、冷たく笑った。

町駕籠は、『鶴亀屋』の前に着けられた。

『鶴亀屋』から出て来た甲次郎が辺りを窺い、素早く町駕籠に乗り込んだ。

町駕籠は、甲次郎を乗せて浜町堀に向かった。

「旦那……」

半次と音次郎は、半兵衛の指示を仰いだ。

「よし。半次、手筈《てはず》通りにな……」

「心得ました」

半次は頷き、町駕籠に続いた。

『鶴亀屋』から二人の浪人が現れて、甲次郎の乗った町駕籠を追った。

「音次郎、行くよ」

半兵衛と音次郎は、二人の浪人の後に続いた。

「旦那、睨み通り丈八が甲次郎を見張っていたら、やはり町駕籠を追っている筈ですね」

「ああ。間違いないだろうな」

半兵衛は頷き、先を行く甲次郎の乗る町駕籠を眺めた。

丈八らしき男の姿は見えなかった。

甲次郎を乗せた町駕籠は、浜町堀を越えて両国に向かった。

半次と二人の浪人は追った。

半兵衛と音次郎は、甲次郎の乗った町駕籠、半次、二人の浪人に続いた。

両国広小路は賑わっていた。

甲次郎の乗った町駕籠は、両国広小路の賑わいを横切って神田川に架かっている柳橋《やなぎばし》を渡り、蔵前《くらまえ》の通りに進んだ。

蔵前の通りは浅草《あさくさ》に続いている。

浅草に行くのか……。

半次は、甲次郎の乗った町駕籠の斜め後ろにそれとなく続いた。

用心棒の二人の浪人は、甲次郎の乗った町駕籠の背後をやって来る。

「交代します……」

音次郎が、半次を追い越しながら囁いた。

半次は、足取りを緩めて路地に入った。

音次郎が甲次郎の乗った町駕籠を追い、用心棒の二人の浪人が続いて行った。

半次は、路地を出た。

半兵衛がやって来た。

「丈八は……」

「後ろから見ている限り、丈八らしい奴はいないが、必ず何処かから追って来ている筈だ」

半兵衛は睨んだ。

「ええ。それにしても甲次郎の奴、何処迄行くんですかね」

「ひょっとしたら甲次郎、江戸から逃げる気かもしれない」

半兵衛は読んだ。

「江戸から逃げる……」

半次は眉をひそめた。

「うん。実はな……」

半兵衛は、春画の一件を半次に教えた。

「へえ、そうだったんですか……」

「うん……」

甲次郎を乗せた町駕籠は、蔵前通りから浅草広小路に出て花川戸町《はなかわどちょう》に向かった。

花川戸町から山谷堀を越え、尚《なお》も進むと千住《せんじゅ》の宿になる。

甲次郎は、千住の宿から水戸街道《みとかいどう》に逃げるつもりなのかもしれない。

水戸街道は日光《にっこう》街道や奥州《おうしゅう》街道に続いており、行き交う人々の中には旅人もいた。

何処迄行くんだ……。

音次郎は苛立った。

甲次郎を乗せた町駕籠は、山谷堀を越えて新鳥越町《しんとりごえまち》を進んだ。

行き先は千住か……。

音次郎は追った。

甲次郎を乗せた町駕籠は、山谷町に差し掛かった。

菅笠を被った半次が、横手の吉原道《よしわらみち》から出て来た。

親分だ……。

音次郎は追跡を半次と交代し、吉原道に入って用心棒の二人の浪人を遣り過ごした。

山谷町を抜けると道の左右には、田畑が広がっていた。そして、小塚原《こづかっぱら》の仕置場があり、隅田川《すみだがわ》に架かる千住大橋がある。

甲次郎の乗った町駕籠は、小塚原の仕置場の手前の辻を西に向かう田舎道《いなかみち》に曲がった。

半次は続いた。

田舎道の左右には、耕された田畑が広がっていた。
風が吹き抜け、畑に土煙が舞い上がった。
丈八が派手な半纏を翻して畑に現れ、甲次郎の乗った町駕籠に猛然と突進した。
丈八……。
半次は地を蹴った。
丈八は、匕首を構えて町駕籠に突進した。
駕籠舁《かごかき》は、甲次郎の乗った町駕籠を置いて逃げ去った。
「鶴亀屋……」
丈八は、町駕籠の垂れを跳ね上げた。
乗っていた甲次郎は、町駕籠の反対側に転がり出た。
「止《や》めろ、丈八……」
半次は怒鳴った。
丈八は怯んだ。
用心棒の二人の浪人が駆け付け、丈八に猛然と斬り掛かった。
半次は咄嗟に割って入り、十手を振るって食い止めた。

丈八は、田畑を逃げる甲次郎に追い縋った。

甲次郎は、畑を転がりながら逃げた。

丈八は、甲次郎に匕首で突き掛かった。

甲次郎は脇腹を刺され、血を流して倒れた。

「おさよの恨み……」

丈八は、倒れた甲次郎に匕首を振り翳《かざ》した。

「おのれ……」

駆け寄った浪人が、丈八の左肩を斬った。

丈八は、血を飛ばして倒れた。

「死ね……」

浪人は、丈八に止《とど》めを刺そうとした。

刹那、駆け付けた半兵衛が抜き打ちの一刀《いっとう》を放った。

浪人は、刀を握る腕を斬られ、血を振り撒いて蹲《うずくま》った。

半兵衛は、半次や音次郎と闘っている残る浪人に迫り、刀を横薙《よこな》ぎに一閃《いっせん》した。

残る浪人は、横面《よこづら》を浅く斬られて血を飛ばし、大きく後退りした。

腕を斬られた浪人が逃げ、横面を斬られた浪人が慌てて続いた。

所詮《しょせん》、僅かな金で雇われた食詰め浪人、命を懸けて甲次郎を助ける恩も義理もない。

半兵衛は、倒れている丈八に駆け寄った。

丈八は、意識を失っていたが息はあった。

「旦那……」

半次と音次郎が駆け寄った。

「半次、怪我はないか……」

「はい。丈八は……」

「気を失っているが、傷はそれ程、深くない。半次、音次郎、甲次郎は私が始末する。お前たちは丈八を千住の宿に連れて行き、医者に診せるんだ」

半兵衛は命じた。

「承知しました」

半次と音次郎は、気を失っている丈八を背負って千住の宿に急いだ。

半兵衛は、血の流れる脇腹を押さえて蹲く甲次郎に近付いた。

「し、白縫さま、助けて下さい……」

甲次郎は、嗄れ声を震わせた。

「甲次郎、絵師の室川春斎と作った堅気女の春画の中には、小舟小町のおさよのものもあるんだな」

「は、はい……」

甲次郎は項垂れた。

「地本問屋鶴亀屋甲次郎、此迄だ……」

半兵衛は、甲次郎を冷たく見据えた。


北町奉行所同心詰所の大囲炉裏には、炭が真っ赤に熾きていた。

「おはよう……」

半兵衛が入って来た。

「半兵衛さん……」

風間鉄之助が、詰所の奥から半兵衛に駆け寄った。

「おお、どうした風間……」

「例の堅気女の春画です……」

風間は囁き、数枚の春画を差し出した。

半兵衛は、数枚の春画に眼を通した。

春画は、以前に見たものと同じ筆遣いで描かれていた。

「大変だったんですよ。此だけ集めるの……」

「そいつは御苦労だったね。此奴を描いた絵師は室川春斎、版元は地本問屋の鶴亀屋の甲次郎だ」

半兵衛は教えた。

「絵師の室川春斎と鶴亀屋の甲次郎ですか……」

風間は、身を乗り出した。

「うん。室川春斎は殺され、鶴亀屋甲次郎は南茅場町《みなみかやばちよう》の大番屋の仮牢《かりろう》にいる」

「えっ……」

風間は戸惑った。

「後はお前に任せる。厳しく詮議するんだな」

「心得ました」

風間は喜び、勢い込んで同心詰所から駆け出して行った。

半兵衛は見送り、持っていた数枚の春画を大囲炉裏に焼《く》べた。

春画は燃え始めた。

焼べられた春画の中に、おさよのものがあったかどうかは分からない。だが、描かれた堅気の女の身許が調べられてはならないのだ。

他の春画も見付け次第に始末する……。

半兵衛は、燃える春画の蒼白い炎を見詰めた。

蒼白い炎は静かに踊った。


隅田川は滔々《とうとう》と流れていた。

千住大橋には旅人が行き交っていた。

半兵衛は、半次と共に千住大橋を渡った。

千住の宿場は、大勢の旅人で賑わっていた。

半次は、半兵衛を宿場外れの寺に誘《いざな》った。

「常泉寺《じょうせんじ》か……」

半兵衛は、山門の扁額《へんがく》を読んだ。

「はい。裏庭の家作《かさく》が空いていましてね。貸して貰いました」

「うん……」

「こっちです」

半次は、本堂裏の裏庭にある家作に半兵衛を誘った。

「旦那、親分……」

付き添っていた音次郎が、家作の庭で洗濯物を干していた。

「おう。御苦労さん」

「起きているかい……」

半次は、障子の閉められている家作の座敷を示した。

「ええ……」

音次郎は頷いた。

「よし。逢わせて貰おうか……」

半兵衛は笑った。

丈八は左肩に晒《さら》しを巻き、緊張した面持ちで蒲団《ふとん》の上に座った。

良く似ている……。

丈八の顔は、死んだ鶴次郎に良く似ていた。

半兵衛は苦笑した。

「若月の板前の丈八だね……」

「はい……」

丈八は頷いた。

「私は北町奉行所の白縫半兵衛だ」

「白縫さま……」

「うむ。恋仲のおさよが身投げをして死んだのは、絵師の室川春斎と鶴亀屋の甲次郎の所為《せい》だと恨み、春斎を不忍池の畔で殺し、甲次郎の命を狙ったね」

「はい。白縫さま、鶴亀屋の甲次郎は……」

丈八は、その顔に憎しみを露わにした。

「甲次郎はお前に脇腹を刺されたが、命は取り留めたよ」

「そうですか……」

丈八は、悔しげに顔を歪めた。

「だが、堅気女を言葉巧みに騙し、御法度の春画を作って秘かに売り捌《さば》いた罪でお縄になり、大番屋で厳しく詮議されている。おそらく遠島《えんとう》か死罪の仕置が下されるだろう」

「ほ、本当ですか……」

丈八は、顔を輝かせた。

「うむ……」

半兵衛は頷いた。

「忝うございます……」

丈八は、半兵衛に深々と頭を下げた。

「で、音次郎、丈八の具合はどうなのだ」

「はい。お医者は大丈夫だと……」

「そうか。丈八、傷が治っても江戸に戻っちゃあならない。分かったね」

「えっ……」

丈八は、半兵衛の言葉に戸惑った。

「残念ながら此処は千住の宿場外れ。江戸の朱引外《しゆびきそと》で町奉行所の支配違いだ。私たちはお前をお縄に出来ないんだよ……」

半兵衛は苦笑した。

朱引とは、千住宿、板橋宿《いたばししゆく》、四ツ谷宿、品川宿《しながわしゆく》を囲むように引かれた境界線だ。町奉行所は朱引の内側の御府内《ごふない》が管轄であり、外側は管轄外なのだ。

「し、白縫さま……」

「ま、何処にいてもおさよの供養《くよう》は出来るさ」

半兵衛は、穏やかに告げた。

丈八は、頭を下げて嗚咽《おえつ》を洩らした。

半兵衛は微笑んだ。


常泉寺の老住職は、丈八の傷が完治するまで預かると約束してくれた。

半兵衛は、常泉寺に二両程の寄進をし、半次や音次郎と江戸に向かった。


隅田川には様々な船が行き交い、千住大橋は多くの人の姿があった。

半兵衛、半次、音次郎は、千住大橋を渡っていた。

「それで朱引外の千住の宿でしたか……」

半次は、半兵衛が斬られた丈八を千住に運べと命じたのを思い出し、苦笑した。

「うむ。世の中には私たちが知らん顔をした方が良い事があるからね……」

半兵衛は頷いた。

「丈八の料理、一度食べてみたかったですね」

音次郎は残念がった。

「よし、音次郎、今夜は私が何か美味い物を作ってやるよ……」

半兵衛は、半次や音次郎と千住大橋を渡りながら鶴次郎を思い出した。

鶴次郎は、緋牡丹の半纏を翻して笑っていた……。

第四話　田舎芝居《いなかしばい》

一

桜の花は五分咲きだった。

北町奉行所臨時廻り同心白縫半兵衛は、岡っ引の本湊の半次と下っ引の音次郎を従えて市中見廻りの途中、いつも通りに不忍池の畔の茶店に立ち寄って一休みした。

不忍池は穏やかに輝き、畔《ほとり》の桜の木は淡く色付いていた。

「五分咲きですか……」

半次は、眼を細めて眺めた。

「うん。もう直《じき》、満開だな……」

半兵衛は茶を飲んだ。

「や、止めてくれ」

男の声が短く響いた。

「旦那、親分……」

音次郎は、不忍池の対岸を緊張した面持ちで指差した。

半兵衛と半次は、音次郎の指し示す対岸を眺めた。

不忍池の対岸では、羽織を着た町人が若い武士に斬り立てられていた。

「半次、音次郎……」

「合点だ」

音次郎は、不忍池の対岸に向かって畔を猛然と走った。

半兵衛は続いた。

半次は、呼子笛を吹き鳴らして追った。

半兵衛は、羽織を着た町人と若い武士を横目に見ながら走った。

羽織を着た町人は、若い武士に斬られて大きく仰け反り倒れた。

「旦那……」

半兵衛は見た。

半次も羽織を着た町人が斬られるのを見た。

「うん……」

半次と半兵衛は走った。

畔の道は緩やかに曲がっており、羽織を着た町人と若い武士は林の陰に隠れて見えなくなった。

先行する音次郎が見えた。

半次と半兵衛は走った。


音次郎は立ち止まり、不忍池の畔の水辺に何かを探した。

「音次郎……」

半次と半兵衛は、音次郎に追い付いた。

「此の辺りでしたよね……」

音次郎は、辺りを見廻した。

「ああ……」

半次は、音次郎のいる場所が若い武士が羽織を着た町人を斬り棄てた処だと認めた。

だが、そこには、若い武士に斬られて仰け反り倒れた羽織を着た町人はいなかった。そして、不忍池に落ちた様子もなかった。

「旦那……」

半次は、半兵衛に戸惑った顔を向けた。

「うん……」

半兵衛は辺りを見廻し、対岸を眺めた。

対岸の畔には、半兵衛たちのいた古い茶店が見えた。

羽織を着た町人が、若い武士に斬られて仰け反り倒れた処に間違いはない。

だが、斬られて倒れた羽織を着た町人と若い武士は何処にもいないのだ。

「誰もいませんね……」

「うん……」

半兵衛、半次、音次郎は、辺りを調べた。

「半次、音次郎……」

半兵衛は、畔の草むらにしゃがみ込んで半次と音次郎を呼んだ。

半次と音次郎は、半兵衛の傍に来た。

「此奴を見てみな……」

半兵衛は、草むらに滴《したた》り落ちている僅かな血を示した。

「血ですか……」

半次は眉をひそめた。

「うん。滴り落ちたばかりだな……」

半兵衛は血を読んだ。

「やっぱり此処で……」

音次郎は覗き込んだ。

「間違いないだろう」

半兵衛は頷いた。

「じゃあ斬られた羽織を着た男、どうしたんですかね……」

音次郎は首を捻った。

「斬られた傷は浅手で、私たちが来る前に医者に行ったか、それとも斬った若い武士が連れ去ったか……」

半兵衛は眉をひそめた。

「音次郎、辺りを詳しく調べるんだ」

半次と音次郎は、辺りの草むらに手掛かりになるような物がないか探した。

「旦那……」

半次は、草むらから拾い上げた小さな物を差し出した。

小さな物は、虎が吼《ほ》えている根付《ねつけ》だった。

根付とは、印籠《いんろう》や煙草入れを腰に下げる時、落ちないように帯に挟む留め具だ。

「虎の根付だね……」

半兵衛は、虎の根付の底を見た。

底には、小さく〝宗〟の一文字が彫られていた。

「宗の一文字か……」

「斬られた羽織を着た男の持ち物ですかね」

半次は、虎の根付の持ち主を読んだ。

「かもしれないし、斬った若い武士が落としていった物って事もある……」

半兵衛は読んだ。

「拘わりがあるかどうかは分かりませんが、今の処、手掛かりらしい物は此の虎の根付だけですか……」

半次は眉をひそめた。

「うむ。よし、半次と音次郎は虎の根付を追ってみてくれ。私は此の界隈の医者に斬られた男が来なかったか調べてみるよ」

「承知しました。じゃあ……」

半次は虎の根付を手にし、音次郎を促して不忍池の畔を下谷広小路に向かった。

「さあて……」

半兵衛は辺りを見廻し、近くの茅町の木戸番屋に向かった。

誰かが見ている……。

半兵衛は、不意に何者かの視線を感じ、それとなく辺りを窺った。だが、それらしい者はいなかった。

気のせいか……。

半兵衛は、木戸番屋に急いだ。

下谷広小路は、東叡山寛永寺の参拝客や上野の山に遊びに来た者で賑わっていた。

半次と音次郎は、下谷広小路に面した袋物問屋《ふくろものどんや》を訪れた。

袋物問屋は、巾着《きんちゃく》、煙草入れ、紙入れ、銭入れなどの袋物を売る店であり、腰に下げる巾着や煙草入れの根付なども扱っていた。

「いらっしゃいませ……」

老番頭が、半次と音次郎を迎えた。

「ちょいと訊きたい事がありましてね」

半次は、懐の十手を見せた。

「これはこれは、何でしょうか……」

老番頭は、帳場から框に出て来た。

半次は框に腰掛け、袋物問屋の老番頭に虎の根付を見せた。

「此の根付の出処《でどころ》を知りたいのですが……」

「拝見しますよ」

老番頭は、虎の根付を手に取って見廻した。

そして、虎の根付の底に〝宗〟の一文字が刻まれているのに気が付いた。

「ああ。此は根付師の宗八《そうはち》さんの彫った根付ですよ」

「根付師の宗八さん……」

「ええ。宗八さんの彫る根付には、何処かに宗の一文字が刻まれていましてね。

此は底ですが……」

「此処で売った物ですか……」

「いいえ。うちが扱った物じゃありませんね」

老番頭は、首を横に振った。

「そうですか。じゃあ根付師の宗八さん、住まいは何処ですかね」

「元鳥越町は甚内橋《じんないばし》と鳥越明神の間ぐらいの処ですよ」

老番頭は告げた。

「親分……」

「うん。元鳥越町の甚内橋だ……」

半次と音次郎は、老番頭に礼を云って元鳥越町に急いだ。


茅町は不忍池沿いに続いている。

半兵衛は、茅町の老木戸番の案内で近くの町医者の家を訪れた。

半兵衛は、斬られた羽織を着た男が来なかったか町医者に尋ねた。

「斬られた羽織を着た男ですか……」

町医者は眉をひそめた。

「うむ。来なかったかな……」

「ええ。うちには来ていませんな」

町医者は首を横に振った。

「そうですか……」

半兵衛は、礼を云って町医者の家を出た。

「さあて、次は何処かな……」

半兵衛は、老木戸番の案内で茅町一帯の町医者に尋ね歩いた。しかし、茅町の町医者の何処にも斬られた羽織を着た男は訪れていなかった。

医者の手当てを受けずにいられる浅手だったのか、それとも若い武士が何処かに連れ去ったのか……。

半兵衛は、念の為に茅町の隣町の町医者にも訊いてみる事にした。


元鳥越町の甚内橋は、三味線堀《しゃみせんぼり》から大川に流れる鳥越川に架かっていた。

半次と音次郎は、元鳥越町の自身番に根付師の宗八の家の場所を尋ねた。

根付師宗八の家は、甚内橋の北、鳥越明神の間の町にあった。

半次と音次郎は、根付師宗八の家を訪れた。

「ああ。そいつはあっしが彫った根付に違いありませんぜ」

根付師の宗八は、虎の根付を一瞥して自分の彫った根付だと認めた。

「やっぱり……」

音次郎は頷いた。

「で、宗八さん。此の根付、何処の誰に売ったか覚えていますか……」

半次は尋ねた。

「此奴は確か神田明神門前町の鶯堂《うぐいすどう》に卸《おろ》した物だよ」

「神田明神門前町の鶯堂……」

「ああ。手文庫《てぶんこ》や印籠なんかの塗物《ぬりもの》を売っている店でね。此奴は印籠の根付にすると云っていたよ」

宗八は、虎の根付を示した。

「そうですか……」

「親分、鶯堂に……」

「ああ……」

半次と音次郎は、宗八に礼を云って神田明神門前町に向かった。

不忍池の畔で斬られた羽織を着た男は、近くの町の医者の許には訪れていなかった。

やはり、医者に診せる程でもない浅手だったのか、それとも斬った若い武士が駕籠にでも乗せて連れ去ったのか……。

何《いず》れにしろ、斬られた羽織を着た男は見付からなかった。

半兵衛は想いを巡らせた。

ひょっとしたら……。

半兵衛は、不意に或《あ》る想いに駆られた。

まさか……。

半兵衛は苦笑し、不意に浮かんだ或る想いを打ち消した。

何れにしろ、今日は此迄だ……。

半兵衛は、北町奉行所に戻る事にした。

見られている……。

半兵衛は、再び何者かの視線を感じた。

半兵衛は立ち止まり、辺りを見廻した。

だが、不審な者の姿は見えなかった。

姿を現して見張ったり、後を尾行《つけ》たりする者は滅多《めった》にいない……。

半兵衛は苦笑し、北町奉行所に向かった。

「ああ。此の根付なら虎の絵柄の印籠の根付にして売りましたよ」

塗物屋『鶯堂』の店主は、虎の根付を覚えていた。

「買ったのが何処の誰か、覚えているかな」

「そりゃあもう……」

店主は頷いた。

「誰ですか……」

音次郎は、身を乗り出した。

「本郷は菊坂台町《きくざかだいまち》のお稲荷長屋に住んでいる浪人の大岡虎太郎《おおおかとらたろう》さんです」

「親分……」

音次郎は、嬉しげな笑みを浮かべた。

「うん……」

半次は頷いた。

下谷広小路の袋物問屋、元鳥越町の根付師宗八、神田明神門前町の鶯堂と尋ね歩き、漸く虎の根付の持ち主に辿《たど》り着いた。

「大岡虎太郎さん……」

「ええ。虎の絵柄の印籠に虎の根付、虎太郎と云う御自分の名前に誂《あつら》えたような印籠だと申しましてね。大喜びでお買い上げになりましたので、良く覚えているんです」

店主は笑った。

「で、代金はちゃんと払ったんですか……」

「ええ。印籠は一両一朱でしてね。前金《まえきん》で二分、後金《あときん》で二分一朱。きちんと払って戴きましたよ」

店主は、戸惑った面持ちで頷いた。

「そうですか……」

半次は、僅かながら戸惑った。

「あの、大岡虎太郎さんが何か……」

店主は眉をひそめた。

「いや。大した事じゃあないんだが、大岡虎太郎さんってのは、どんな人ですかね」

半次は訊いた。

「どんなって、別に普通の若い浪人さんだと思いますが……」

店主は、半次に怪訝な眼を向けた。

「普通ですか……」

半次は、思わず落胆した。

半次は、不忍池の畔で羽織を着た男を斬った若い武士が普通とは思っていなかった。

「え、ええ……」

「で、虎太郎さん、暮らしの掛かりはどうしているんですかね」

半次の質問は続いた。

「親分さん、手前もそれ程、大岡虎太郎さんの事は知りませんので……」

店主は、困惑を露わにした。

「そうですか……」

半次は肩を落とした。

「じゃあ親分、菊坂台町のお稲荷長屋に……」

音次郎は促した。

「よし……」

半次は頷いた。

神田明神門前町から湯島通りに入って本郷通りに進み、本郷六丁目の辻を西に曲がると菊坂台町になる。

半次と音次郎は、菊坂台町の木戸番を訪れてお稲荷長屋の場所を訊いた。

木戸番は、お稲荷長屋を直ぐ教えてくれた。

半次と音次郎は、お稲荷長屋に急いだ。

お稲荷長屋は、小さな稲荷堂の傍にあった。

「此処ですね……」

音次郎は、小さな稲荷堂の隣の長屋を示した。

「うん……」

半次と音次郎は、木戸からお稲荷長屋を眺めた。

お稲荷長屋は、夕飯の仕度が始まる前の静けさに覆われていた。

「どの家ですかね……」

音次郎は眉をひそめた。

半次は、お稲荷長屋の家々を眺めた。

手前の家から若いおかみさんが現れ、井戸端《いどばた》で米を研《と》ぎ始めた。

「親分……」

「訊いてみるか……」

半次と音次郎は、井戸端で米を研いでいる若いおかみさんの許に行った。

「おかみさん、ちょいと尋ねるが……」

半次は、若いおかみさんに懐の十手を見せた。

「は、はい。何ですか……」

若いおかみさんは、濡れた手を前掛で拭きながら緊張を過ぎらせた。

「此処に大岡虎太郎さんって浪人が住んでいると聞いたが、家は何処かな」

「ああ。虎太郎さんの家なら奥ですよ」

若いおかみさんは、長屋の奥の家を示した。

「今、いるかな……」

「さあ。今朝早く出掛けたから、留守だと思いますよ……」

若いおかみさんは首を捻った。

「虎太郎さん、家族は……」

「一人暮らしですよ」

「そうですかい。で、仕事は何を……」

「口入屋《くちいれや》で仕事の世話をして貰っていると聞いていますが……」

「口入屋……」

若いおかみさんの家から赤ん坊の泣き声が響いた。

「あっ、親分さん……」

若いおかみさんは、研いだ米を持って慌てた。

「うん。造作を掛けたね。此の事は内緒だよ」

半次は、若いおかみさんに素早く小粒を握らせた。

「は、はい……」

若いおかみさんは小粒を握り締め、研いだ米を持って家に戻って行った。

半次と音次郎は、お稲荷長屋の木戸に戻った。

「口入屋の仕事をしていますか……」

「うん。確かに普通の若い浪人だな」

「ええ……」

音次郎は頷いた。

若い浪人がやって来た。

「音次郎……」

半次は気が付き、音次郎にやって来る若い浪人を示した。

「親分……」

音次郎は眉をひそめた。

「うん……」

半次は、音次郎を促して木戸の陰に隠れた。

若い浪人は、お稲荷長屋の木戸を潜って奥の家に向かった。

半次と音次郎は見守った。

若い浪人は、古びた着物と袴を叩いて埃を払い、腰高障子を開けて家に入った。

「大岡虎太郎ですね……」

「うん。どうだ、不忍池の畔で羽織を着た男を斬った若い侍かな……」

「さあ、離れていたから……」

不忍池の畔で羽織を着た男を斬った若い武士の顔は、離れた対岸だったので良く見えてはいなかった。

「でも、着物と袴は同じような感じでしたね」

「ああ……」

半次は頷いた。

陽は西に大きく傾き始めた。

二

囲炉裏に掛けられた雑炊《ぞうすい》の鍋は、未だ湯気を立ち昇らせてはいなかった。

「浪人の大岡虎太郎か……」

半兵衛は、囲炉裏端の嬶座《かかざ》に座って湯呑茶碗の酒を飲んだ。

「はい。明日からちょいと見張ってみます」

「うむ。斬られた羽織を着た男が見付からない限り、殺しでも物盗りでも辻斬りでもない。となると、今は見張るしかあるまいな」

「ええ。それにしても斬られた羽織を着た男、どうしたんですかね」

半次は眉をひそめた。

「近くの町医者を残らず尋ね歩いたんだがね。何処の町医者にも行っちゃあいないんだな」

半兵衛は酒を飲んだ。

「そんな……」

音次郎は、戸惑いを浮かべた。

「じゃあ、斬った大岡虎太郎が何処かに連れ去ったのですかね」

半次は読んだ。

「かもしれないし、そうでないかもしれない……」

半兵衛は、不意に浮かんだ或る想いを思い出した。

「旦那、何か……」

半次は、半兵衛が何かに引っ掛かっているのに気が付いた。

「うん。いや、未だ何とも云えなくてね。それより今日、町医者を尋ねて歩く私を尾行て来る者がいてな……」

半兵衛は、己《おのれ》の湯呑茶碗に酒を満たしながら話題を変えた。

「旦那を尾行る者ですか……」

半次と音次郎は眉をひそめた。

「うむ。姿を見せずに北町奉行所迄な……」

半兵衛は苦笑した。

「何者ですかね、そいつは……」

半次は首を捻った。

「ひょっとしたら大岡虎太郎じゃあ……」

音次郎は読んだ。

「そいつは、明日から見張ってみれば分かるだろう」

半兵衛は笑った。

囲炉裏に掛けられた雑炊の鍋は、漸く湯気を立ち昇らせ始めた。


桜の花は七分咲きになった。

大岡虎太郎は、朝早くお稲荷長屋を出た。

半次と音次郎は、木戸の陰を出て虎太郎を尾行た。

虎太郎は、本郷通りの口入屋『大黒屋《だいこくや》』を訪れ、人足姿になって江戸川《えどがわ》に向かった。

半次と音次郎は追った。

「今日は日雇《ひやと》いの人足働きですか……」

音次郎は読んだ。

「うん、そんな処だな……」

半次は頷いた。

牛込筑土明神八幡宮《うしごめつくどみようじんはちまんぐう》の境内の崩れた石垣積みは、親方と虎太郎たち人足によって進められていた。

虎太郎は、人足たちの先頭にたって威勢良く働いた。

半次と音次郎は見張った。

「手も抜かず、年寄りの人足を助けて、随分と真面目な働き振りですね」

音次郎は、微かな戸惑いを覚えた。

「うん。よし、音次郎、此処を頼む。俺は口入屋の大黒屋に行き、虎太郎が昨日どうしたか訊いて来る」

「承知しました」

「じゃあな……」

半次は、音次郎を残して本郷通りに急いだ。

音次郎は、働く虎太郎を見守った。

外濠に七分咲きの桜が映えていた。

半兵衛は、北町奉行所を出て外濠に架かっている呉服橋御門を渡った。

尾行者は現れるか……。

半兵衛は、周囲を窺いながら外濠沿いを一石橋《いちこくばし》に向かった。

日本橋川に架かる一石橋を渡り、鎌倉河岸の竜閑橋に進む……。

半兵衛は、一石橋を渡った時、己を見詰める何者かの視線を感じた。

現れた……。

半兵衛は、尾行者が現れたのに気が付いた。

何処の誰だ……。

半兵衛は、どう始末するか考えた。

捕らえて何を企んでいるか吐かせるか、泳がせて見定めるか……。

半兵衛は、どうするか迷った。

何者かの視線は追って来る。

よし……。

半兵衛は、神田堀に架かっている竜閑橋を渡って鎌倉河岸に進んだ。

鎌倉河岸は既に荷積み荷下ろしも終え、静けさを取り戻していた。

半兵衛は、河岸にある一膳飯屋に入った。


「邪魔するよ……」

半兵衛は、一膳飯屋の亭主に声を掛けた。

「いらっしゃいませ」

亭主は迎えた。

「亭主、すまぬが、駕籠抜けさせて貰うよ」

半兵衛は、亭主に笑い掛けた。

「えっ……」

亭主は戸惑った。

半兵衛は、店から板場を抜けて裏手に出た。

そして、黒紋付羽織を脱ぎ、裏路地を迂回して鎌倉河岸の通りに出た。

鎌倉河岸には人が行き交っていた。

半兵衛は、一膳飯屋の周囲と向かい側の鎌倉河岸を窺った。

鎌倉河岸には半纏を着た男がしゃがみ込み、一膳飯屋を見張っていた。

奴か……。

半兵衛は、僅かに戸惑った。

尾行て来るのは侍……。

半兵衛は、昨日の尾行者をそう睨んでいた。

だが、一膳飯屋を見張っているのは、半纏を着た遊び人風の男だった。

昨日の尾行者と違うとしたら、侍の仲間がいるのだ。

やはり泳がせる……。

半兵衛は決め、傍らの荒物屋で塗笠《ぬりがさ》を買って目深《まぶか》に被った。そして、竜閑橋の袂から半纏を着た遊び人を見張った。

半纏を着た遊び人は、半兵衛が一膳飯屋から出て来るのを待っていた。

半兵衛は見張った。

本郷通りの口入屋『大黒屋』は、既に日雇い仕事の周旋《しゅうせん》を終えて閑散としていた。

「ちょいと訊きたい事があるのだが……」

半次は、口入屋『大黒堂』の旦那に十手を見せた。

「は、はい。何でしょうか……」

旦那は、半次に怪訝な眼を向けた。

「此方《こちら》で仕事を周旋して貰っている浪人の大岡虎太郎さんだけど……」

「虎太郎さんが何か……」

「昨日も此処の周旋で仕事をしていたんですかい……」

半次は尋ねた。

「昨日ですか……」

「ええ……」

「いえ。虎太郎さん、昨日はちょいと用事があると云いましてね……」

「仕事はしなかったんですか……」

半次は眉をひそめた。

「ええ……」

旦那は頷いた。

大岡虎太郎は、昨日は仕事をしていなかった……。

「旦那、虎太郎さんのちょいとした用事ってのが何か分かりますか……」

虎太郎のちょいとした用事ってのは、不忍池の畔で羽織を着た男を斬る事なのかもしれない。

「さあ、分かりませんが、剣術道場の事かもしれません」

「剣術道場……」

半次は、思わず訊き返した。

「ええ。虎太郎さん、聞く処によれば駿河台《するがだい》は表猿楽町《おもてさるがくちょう》の撃剣館《げきけんかん》の高弟《こうてい》でしてね」

「撃剣館の高弟……」

『撃剣館』とは、神道無念流《しんとうむねんりゅう》の岡田十松《おかだじゅうまつ》が営む江戸でも名高い剣術道場だ。

「ええ。その撃剣館の用でもあったのかもしれません。近々、道場で大事な仕合《しあい》があると云っていましたから……」

「大事な仕合ですか……」

「ええ。親分さん、虎太郎さんが何か……」

旦那は眉をひそめた。

「いえ、ちょいと。それより、虎太郎さんってのはどんな人ですかい」

「そいつはもう、穏やかで真面目な働き者ですよ。人足仕事の時は力の出し惜《お》しみをせず、用心棒や御隠居のお供の時は気配りを絶やさず……」

旦那は、虎太郎を手放しで誉めた。

「そうですか……」

口入屋『大黒屋』の旦那の話を聞く限り、浪人の大岡虎太郎は人殺しや物盗りなどの馬鹿な真似をする者ではない。

半次はそう思った。

だが、そうすると不忍池の畔に落ちていた虎の根付はどうなるのだ……。

半次は眉をひそめた。

鎌倉河岸に船が通り、小波《さざなみ》が岸辺に揺れた。

半刻（一時間）近くが過ぎた。

半兵衛は、一膳飯屋を見張っている半纏を着た遊び人を見守っていた。

半纏を着た遊び人は、一膳飯屋から出て来ない半兵衛に焦《じ》れていた。そして、意を決して一膳飯屋に入って行った。

「漸く気が付くか……」

半兵衛は苦笑した。

次の瞬間、半纏を着た遊び人は、一膳飯屋から飛び出して来て辺りを見廻した。

半兵衛は、竜閑橋の袂から見守った。

半纏を着た遊び人は、駕籠抜けをした半兵衛が既に立ち去ったと見極め、肩を落として鎌倉河岸を離れた。

よし……。

半兵衛は、竜閑橋の袂を出て半纏を着た遊び人を追った。

遊び人の行き先には、昨日の尾行者である武士がおり、不忍池の畔での一件に拘わる者がいる筈だ。

半兵衛は、遊び人を追った。

遊び人は、重い足取りで神田八ツ小路に向かっていた。

半兵衛は追った。


牛込筑土明神八幡宮境内の石垣積みは続いた。

音次郎は、働く大岡虎太郎を見守っていた。

虎太郎は、他の人足たちと力を合わせて石を運び、親方の指図で積んでいた。

「どうだ。変わった事はないか……」

半次が戻って来た。

「はい。真面目に働いていますよ……」

音次郎は、働いている虎太郎を示した。

「やっぱりな……」

半次は、働く虎太郎を見ながら頷いた。

「で、親分の方は如何でした……」

「そいつが、虎太郎さん、昨日は口入屋の仕事をしていないんだな」

「じゃあ、何を……」

「大黒屋の旦那の話じゃあ、虎太郎さんは撃剣館の門弟《もんてい》でな、近々ある大事な立ち合いの用でもあったんじゃあないかとね」

「はっきりしませんか……」

音次郎は眉をひそめた。

「ああ……」

大岡虎太郎の昨日の動きがはっきりしない限り、不忍池の畔で羽織を着た男を斬って虎の根付を落とした疑いは晴れない。

「で、評判はどうなんですか……」

「そいつが良いんだな、評判……」

半次は、働く虎太郎を眩しげに眺めた。


神田川には春の気配が漂っていた。

半纏を着た遊び人は、重い足取りで昌平橋を渡った。

半兵衛は尾行た。

遊び人は、明神下の通りから神田明神門前町の盛り場に入った。

神田明神門前町の盛り場は、連なる飲み屋が開店の仕度を始めていた。

遊び人は、開店の仕度をしている一軒の小料理屋に入った。

半兵衛は見届けた。

他人を尾行廻《つけまわ》す割りには、尾行られる事に警戒がなさ過ぎる……。

半兵衛は笑った。

遊び人の入った小料理屋は『若柳《わかやなぎ》』と云い、腰高障子を開けて店の内外を掃除していた。

半兵衛は、斜向かいの路地から小料理屋『若柳』の店内を窺った。

開いた腰高障子越しに見える店内では、年増の女将が掃除をしているだけで遊び人の姿は見えなかった。

遊び人は、店の奥で誰かと逢っているのかもしれない。

半兵衛は読んだ。

小料理屋『若柳』の女将は、掃除を終えたのか腰高障子を閉めた。

半兵衛は、連なる飲み屋を窺った。

一軒の飲み屋の店先では、肥った大年増の女将が掃除をしていた。

半兵衛は、肥った大年増の女将に近付いた。

「やあ……」

半兵衛は、塗笠を上げて笑い掛けた。

「あら、旦那、店は未だなんですよ」

肥った大年増の女将は、作り笑いを浮かべて科《しな》を作った。

「うん。酒は後でゆっくり楽しませて貰うが、ちょいと訊きたい事があってね」

半兵衛は苦笑した。

「あら、何ですか……」

「此の先の若柳ってのは、どんな店だい」

「ああ。若柳ですか……」

「うん……」

「どんな店って、ちょいと女将が若いだけのつまらない店ですよ、おまけに旦那、女将には男がいるんですよ」

大年増の女将は囁いた。

「男か……」

「ええ……」

「どんな男かな……」

「何処かの旗本の伜、部屋住みだって話でね。でも、若柳に入り浸《びた》って、質《たち》の悪い連中とも付き合っていて、陸《ろく》な者じゃありませんよ」

大年増の女将は罵《ののし》った。

「旗本の部屋住みねえ……」

半兵衛は眉をひそめた。

「旦那……」

大年増の女将は、『若柳』を一瞥して半兵衛に囁いた。

半兵衛は、『若柳』から半纏を着た遊び人と若い侍が出て来たのに気付いた。

遊び人と若い侍は、半兵衛と大年増の背後を通って盛り場の出入口に向かった。

「彼奴だね……」

「ええ。侍の名前は知らないけど、遊び人は藤吉《とうきち》ってんですよ」

大年増の女将は、眉をひそめて囁いた。

「藤吉か……」

「ええ……」

「そうか。じゃあ女将さん、後でな……」

半兵衛は、若い侍と遊び人の藤吉を追った。

「旦那、今夜来て下さいね。お待ちしていますよ」

肥った大年増の女将は、立ち去って行く半兵衛の後ろ姿に叫んだ。

旗本の部屋住みの若い侍と遊び人の藤吉は、神田明神門前町の盛り場を出た。

そして、藤吉は若い侍と別れ、湯島の通りを本郷に向かって行った。

若い侍は見送り、明神下の通りに進んだ。

半兵衛は、藤吉を棄てて若い侍を追う事にした。

若い侍は、明神下の通りを横切って御徒町《おかちまち》に向かった。

その足取りに油断はなく、落ち着いていた。

出来る……。

半兵衛は充分に距離を取り、慎重に追った。

若い侍は、下谷御徒町の組屋敷街と神田相生町《かんだあいおいちょう》、松永町《まつながちょう》の道を進んで伊勢国《いせのくに》津藩《つはん》江戸上屋敷の横手に出た。

半兵衛は追った。

若い侍は、津藩江戸上屋敷の裏手に進んで伊勢国久居藩《ひさいはん》と対馬国府中藩《つしまのくにふちゅうはん》の江戸上屋敷の前を抜けて向柳原《むこうやなぎわら》の通りに出た。

向柳原の通りをどっちに行く……。

半兵衛は見守った。

若い侍は、向柳原の通りを三味線堀のある北に進んだ。

三味線堀の水面は、春の陽差しに柔らかく輝いていた。

若い侍は、三味線堀の隣に並ぶ旗本屋敷に進んだ。

そして、端の旗本屋敷の潜り戸を叩いた。

潜り戸が開き、若い侍は辺りを見廻して旗本屋敷に入った。

半兵衛は見届けた。

三

浅草三味線堀の旗本屋敷……。

半兵衛は、浅草の切絵図《きりえず》を広げて若い侍の入った旗本屋敷を調べた。

宮田帯刀《みやたたてわき》……。

半兵衛は、切絵図に書かれている名を旗本御家人の武鑑《ぶかん》で調べた。

宮田帯刀、三百五十石取りの小普請組の旗本の屋敷だった。

宮田家には、嫡男の真之丞《しんのじょう》と次男の真次郎《しんじろう》の二人の倅がいた。

旗本の部屋住み……。

飲み屋の大年増の女将の云う通りなら、遊び人の藤吉が小料理屋『若柳』で逢った若侍は宮田真次郎なのだ。

宮田真次郎……。

昨日は私を尾行て、今日は藤吉に私を追わせた侍なのだ。

半兵衛は、不忍池の畔の不可解な出来事に漸く実感が湧いた。

牛込筑土明神八幡宮の石垣積みは終わった。

浪人の大岡虎太郎は、本殿の裏手の井戸で顔と手足を洗って帰路《きろ》についた。

半次と音次郎は追った。

「親分、いっその事、大岡虎太郎に直《じか》に訊いてみませんか……」

音次郎は、先を行く虎太郎を見ながら半次に訊いた。

「直に訊くか……」

「ええ……」

音次郎は頷いた。

虎太郎は、着物を着替えに本郷通りの口入屋『大黒屋』に帰る筈だ。

半次は読んだ。

それからどうするかだ……。

「ま、もう少し、見てみよう……」

半次は、虎太郎を尾行た。

虎太郎は、半次の読み通り本郷通りの口入屋『大黒屋』で着替えた。そして、菊坂台町に帰り、一膳飯屋の暖簾を潜ろうとした。

小女《こおんな》が悲鳴をあげ、一膳飯屋から飛び出して来た。

「どうした、おはなちゃん……」

虎太郎は、咄嗟に小女を後ろ手《うしろで》に庇った。

四人の博奕打ちが怒声をあげ、揉み合いながら一膳飯屋から出て来た。

虎太郎は、小女のおはなを庇いながら見守った。

四人の博奕打ちは酒に酔っており、訳の分からない事を喚《わめ》きながら喧嘩をしていた。

揉み合いに摑み合い、怒声に罵声《ばせい》が飛び交った。

「喧嘩ですか……」

音次郎は眉をひそめた。

「いや。違うな……」

半次は苦笑した。

「違う……」

「ああ。摑み合って怒鳴るだけだ。喧嘩の真似をしているようだな」

半次は睨んだ。

「喧嘩の真似……」

音次郎は眉をひそめた。

四人の博奕打ちの喧嘩の真似は続いた。

虎太郎は、おはなを庇って見守った。

行き交う人々は立ち止まり、恐ろしげに囁き合いながら遠巻きに見守った。

「やるか……」

博奕打ちの一人が匕首を抜いた。

見守っていた人々は後退りした。

「下手《へた》な芝居はいい加減にしろ」

虎太郎は一喝し、嘲《あざけ》りを浮かべながら四人の博奕打ちに近付いた。

「何だと……」

「下手な芝居だと……」

四人の博奕打ちは、微かに狼狽えながら虎太郎に向かった。

「ああ。喧嘩の真似をして此処から立ち去り、只飲《ただの》み只食《ただぐ》いをしようとの企み、違うかな」

虎太郎は、四人の博奕打ちに蔑《さげす》みの視線を向けた。

「野郎……」

匕首を抜いた博奕打ちが、猛然と虎太郎に突き掛かった。

虎太郎は、博奕打ちの匕首を握る手を摑んで投げを打った。

博奕打ちは大きく弧を描いて宙を飛び、地面に激しく叩き付けられた。

土埃が舞い上がり、苦しげな呻《うめ》き声が洩れた。

鮮やかな投げだった。

半次と音次郎、おはなと見守る人々は呆然とした。

「手前《てめえ》……」

残る三人の博奕打ちが、虎太郎に襲い掛かった。

「喧嘩はこうするんだ」

虎太郎は笑い、襲い掛かる三人の博奕打ちを殴り蹴り、投げ飛ばした。

三人の博奕打ちは、一瞬にして叩きのめされた。

「おはなちゃん、勘定《かんじょう》は幾らだ」

虎太郎はおはなに尋ねた。

「四人でお酒を飲んで、いろいろ食べて……」

虎太郎は、博奕打ちの巾着から一朱銀を取り出し、おはなに渡した。

「此で良いだろう」

「はい……」

おはなは、一朱銀を握り締めて頷いた。

「じゃあ、さっさと立ち去るんだな。さもなければ……」

虎太郎は、腰の刀を握った。

四人の博奕打ちは、慌てて我先に逃げ出した。

見ていた人々は笑った。

虎太郎は、おはなと一膳飯屋に入った。

「親分……」

「ああ。中々なもんだな……」

「ええ……」

半次と音次郎は感心した。

「それで大岡虎太郎、一膳飯屋で晩飯を食べてお稲荷長屋に帰ったか……」

半兵衛は訊いた。

「はい。旦那、大岡虎太郎さん、不忍池の一件の時、何処で何をしていたか分かりませんが、真面目な働き者で他人にも優しく、気性もさっぱりしていて腕も立ちます。音次郎も云っているんですが、直に当たってみたら如何ですか……」

半次は告げ、音次郎は傍で頷いた。

「うん。私を尾行ていた奴らが何処の誰か分かった事だし、そろそろ片付けるか……」

「旦那を尾行ていた奴らが何処の誰か、分かったんですか」

半次は尋ねた。

「三味線堀の旗本宮田帯刀の次男の真次郎と藤吉って遊び人だったよ」

「旗本の部屋住みの宮田真次郎ですか……」

半次は眉をひそめた。

「うむ……」

半兵衛は笑った。

「旦那の動きを探ってどうするつもりなんですかね」

音次郎は首を捻った。

「うん。その狙いが、浪人の大岡虎太郎に拘わりがあるのかもしれないな」

半兵衛は睨んだ。

「じゃあ尚更《なおさら》、早く虎太郎さんに……」

音次郎は身を乗り出した。

「うむ……」

半兵衛は頷いた。


桜の花は八分咲きになった。

半兵衛は、北町奉行所を出て本郷菊坂台町のお稲荷長屋に向かった。

宮田真次郎と藤吉は秘かに追ってくるか……。

半兵衛は、背後を窺いながら進んだ。

途中、何事もなく半兵衛は進んだ。

神田八ツ小路から昌平橋を渡り、湯島から本郷の通りに進む。そして、六丁目の辻を西に曲がると本郷の菊坂台町であり、浪人の大岡虎太郎の住んでいるお稲荷長屋がある。

半兵衛は、お稲荷長屋の木戸に進んだ。

音次郎が、木戸の傍の小さな稲荷堂の陰から出て来た。

「どうだ……」

「はい。今日は口入屋の仕事に溢《あぶ》れたようで家にいます」

音次郎は、先行して大岡虎太郎の居所を見定めていた。

「よし。行くよ……」

半兵衛は、お稲荷長屋の木戸を潜った。

音次郎が続いた。

宮田真次郎と遊び人の藤吉は、お稲荷長屋に入って行く半兵衛と音次郎を物陰から見送った。

「やっと虎太郎の処に来ましたね」

藤吉は、小さな吐息を洩らした。

「うん。知らん顔の半兵衛、噂程の同心じゃあないのかもな……」

宮田真次郎は、嘲りを浮かべた。

腰高障子を開け、浪人の大岡虎太郎が顔を見せた。

「やあ、大岡虎太郎さんだね」

半兵衛は笑い掛けた。

「え、ええ……」

大岡虎太郎は、怪訝な面持ちで頷いた。

「私は北町奉行所臨時廻り同心の白縫半兵衛、こっちは音次郎。ちょいと訊きたい事があってね……」

「そうですか。ま、お入り下さい」

虎太郎は、半兵衛と音次郎を招き入れた。

「うん。お邪魔するよ」

半兵衛は、虎太郎の家に入った。

音次郎が続き、腰高障子を閉めた。

狭い家は隅に蒲団が二つ折りにされ、行李《こうり》と火鉢があるぐらいだった。

虎の根付が置かれた。

「おお……」

虎太郎は、嬉しげに顔を輝かせた。

「此の虎の根付、お前さんの物だね」

半兵衛は尋ねた。

「はい。此の印籠に付けていた根付でしてね。いつの間にか失くして、もう諦めていたのですが……」

虎太郎は、虎の絵柄の印籠を出して見せた。

「そうか。して虎太郎さん、お前さん、二日前の昼前、何処にいたのかな……」

「二日前の昼前ですか……」

虎太郎は眉をひそめた。

「うむ……」

「ああ。あの日は、亀戸天神《かめいどてんじん》に行っていましたよ」

「亀戸天神……」

「ええ。呼び出されましてね」

「呼び出された……」

半兵衛は眉をひそめた。

「ええ。それで亀戸天神に行ったのですが……」

虎太郎は、腹立たしさを浮かべた。

亀戸天神は江戸の東、本所《ほんじょ》の奥にあり、学問の神様である菅原道真《すがわらのみちざね》を祀《まつ》って庶民《しょみん》の信仰を集めていた。

「呼び出した相手は現れませんでしたか……」

半兵衛は読んだ。

「はい……」

「して、呼び出した相手は何処の誰ですか……」

「それが分からないのです……」

虎太郎は首を捻った。

「分からない……」

「はい。実はこんな物が家に投げ込まれていましてね……」

虎太郎は、片付けられた狭い家の隅に置かれた行李の上にあった結び文を取り、半兵衛に渡した。

「読まして貰いますよ」

「どうぞ……」

虎太郎は頷いた。

半兵衛は、結び文を開いた。

結び文には、『撃剣館の仕合の相手についての話がある。明日の昼、亀戸天神に来い……』と書かれていた。

「此の結び文で亀戸天神に行ったのですか……」

「はい。それで昼から一刻程、待ったのですが、誰も現れませんでしたよ」

虎太郎は、吐息を洩らした。

亀戸天神に呼び出した者は、虎太郎のその日を奪い取ったのだ。

「そうでしたか。処で撃剣館の仕合とは……」

半兵衛は尋ねた。

「はい。明日、撃剣館で行われる仕合でしてね。勝った者が神道無念流の免許皆《めんきよかい》伝書《でんしよ》を与えられるのです」

「ほう。そいつは凄いな……」

半兵衛は感心した。

「はい……」

虎太郎は、張り切って頷いた。

「そうか、虎太郎さんは明日、神道無念流の免許皆伝書を懸けて仕合をするのか……」

「はい。そうです」

「して、相手は誰ですか……」

「相手は、宮田真次郎と申す旗本の倅です」

「旦那……」

音次郎は、声を弾ませた。

「うん。そうですか、相手は宮田真次郎でしたか……」

「はい。白縫さん、宮田真次郎を御存知なのですか……」

虎次郎は、怪訝な面持ちで半兵衛を見た。

「ええ。ちょいとね……」

半兵衛は笑った。

「白縫さん、わざわざ虎の根付を届けに来てくれただけではありませんね」

虎太郎は、半兵衛を見詰めた。

「ええ。実はね、不忍池で若い侍が羽織を着た町方の男を斬りましてね。対岸で見た我々が駆け付けた時には、斬った若い侍も斬られた羽織を着た男もいなく、僅かな血の滴りとその虎の根付があったのですよ」

「じゃあ、私が羽織を着た町方の男を斬った若い侍だと……」

虎太郎は、戸惑いを浮かべた。

「そう思わせ、我々に虎太郎さんをお縄にさせたかった」

半兵衛は読んだ。

「私をお縄にさせたかった……」

虎太郎は、戸惑いを浮かべた。

「その為に不忍池の畔で下手な芝居を打ったって訳か……」

「下手な芝居ですか……」

「ええ。それで虎太郎さん、下手な芝居を打った奴が何処の誰か突き止める為、こっちも芝居を打ちたいのだがね……」

半兵衛は、虎太郎に笑い掛けた。

半次は、お稲荷長屋の木戸で虎太郎の家を見張る真次郎と藤吉を見守った。

虎太郎の家の腰高障子が開いた。

真次郎と藤吉は、素早く木戸に隠れた。

半兵衛と音次郎が、虎太郎を引き立てて出て来た。

虎太郎は、半兵衛と音次郎に促されて俯き加減にお稲荷長屋を出た。

半兵衛と音次郎は、虎太郎を連れて本郷通りに向かった。

真次郎と藤吉は木戸を出て、虎太郎を連れて行く半兵衛と音次郎を追った。

半次は尾行た。


南茅場町の大番屋には、日本橋川を行き交う船の櫓の軋みが響いていた。

半兵衛と音次郎は、虎太郎を連れて大番屋に入った。

真次郎と藤吉は見届けた。

「大番屋ですぜ……」

「ああ。どうやらお縄になったな」

「ええ。此で二、三日は出て来ませんぜ」

藤吉は嘲りを浮かべた。

「ああ。流石は知らん顔の半兵衛さんだ」

真次郎は、狡猾に笑って踵《きびす》を返した。

藤吉は続いた。

半次は見送り、大番屋に入った。

大番屋の土間の大囲炉裏の傍では、半兵衛、音次郎、虎太郎が茶を飲んでいた。

半次が入って来た。

「おう。どうした」

「はい。宮田真次郎と藤吉、虎太郎さんが大番屋に引き立てられたのを見届けて帰って行きましたよ」

半次は苦笑した。

「そうか。御苦労だったな」

「じゃあ白縫さん、やはり宮田真次郎が……」

虎太郎は眉をひそめた。

「ええ。我々が虎太郎さんをお縄にして大番屋の牢に入れ、明日の仕合に出られなくする。そいつが狙いの田舎芝居を打った……」

「おのれ、真次郎、汚い真似を……」

虎太郎は、満面に怒りを浮かべた。

宮田真次郎は、神道無念流の免許皆伝書を欲しい一心で仕合の相手の大岡虎太郎を陥《おとしい》れようとしたのだ。

「さあて、どうしますか、虎太郎さん……」

「云う迄もありません。厳しく打ち据えてやります」

虎太郎は、不敵な笑みを浮かべた。

「そいつは面白そうですな。宜しければ我々も見物させて貰いますか……」

半兵衛は、楽しそうに笑った。

四

神道無念流『撃剣館』は、駿河台表猿楽町にあった。

『撃剣館』は、神道無念流流祖福井兵右衛門《ふくいへいえもん》の弟子である戸賀崎熊太郎《とがさきくまたろう》によって興《おこ》され、後に岡田十松に託された。

その後、道場主は代々岡田十松を名乗り、多くの剣客を輩出《はいしゅつ》していた。

『撃剣館』の道場には、稽古をする門弟たちの裂帛《れっぱく》の気合いと木刀の打ち合う甲高い音に満ちていた。

大岡虎太郎と宮田真次郎の免許皆伝書を懸けての仕合は、午の刻九つ（正午）とされていた。

門弟たちの稽古も終わり、午の刻九つが近付いた。

門弟たちは、広い道場を拭き清めて左右に居並んだ。

胴着に汗止めの鉢巻をした宮田真次郎が現れ、道場の中央に進んで木刀を置いて座った。

大岡虎太郎は現れない……。

真次郎は、悠然と座って待った。

待ったのは虎太郎ではなく、刻が過ぎていくのを待ったのだ。

午の刻九つが来た。

虎太郎は現れない。

白縫半兵衛によって大番屋に止められているのだ。

虎太郎は、真次郎との仕合を恐れて姿を隠した。

皆はそう思い、神道無念流の免許皆伝書は俺のものになる……。

真次郎は北叟笑《ほくそえ》んだ。

小柄な老人が現れ、上段の間《ま》にゆったりと座った。

真次郎たち門弟は、一斉に深々と頭を下げた。

老人は、道場主の岡田十松だ。

岡田十松は、師範代を促した。

審判を務める師範代は、岡田十松に一礼して進み出た。

「宮田真次郎……」

師範代は、真次郎の名を呼んだ。

「はっ……」

神道無念流の免許皆伝書は、漸く俺のものになる……。

真次郎の心は躍った。

「大岡虎太郎……」

「はっ……」

虎太郎の返事が背後でした。

何……。

真次郎は戸惑い、思わず振り向いた。

虎太郎が座っていた。

真次郎は驚いた。

「此《これ》に……」

師範代は、虎太郎に真次郎の隣に来るように促した。

「はっ……」

虎太郎は、木刀を手にして進み出て来た。

何故だ……。

真次郎は狼狽《ろうばい》した。

虎太郎は、真次郎の隣に座って微笑みを浮かべて会釈をした。

真次郎は、狼狽を募らせた。

「宮田真次郎、大岡虎太郎……」

岡田十松は、真次郎と虎太郎に穏やかな眼を向けた。

「はっ……」

真次郎と虎太郎は平伏《へいふく》した。

「両名の者、此より立ち合い。勝った者に我が神道無念流免許皆伝書を与える」

岡田十松は厳《おごそ》かに告げた。

「ははっ……」

真次郎と虎太郎は、平伏したまま承《うけたまわ》った。

岡田十松は、師範代に目配せをした。

「ならば、両名の者、立ちませい」

師範代が告げた。
真次郎と虎太郎は、木刀を手にして立ち上がった。
「一本勝負、始め」
師範代は、仕合の開始を命じた。
真次郎と虎太郎は、左右に別れて木刀を青眼《せいがん》に構えて対峙した。
道場の奥に続く廊下に、半兵衛、半次、音次郎が座って見ていた。
真次郎は気が付き、狼狽した。
虎太郎は、小さな笑みを浮かべた。
怒りと蔑み、そして憐れみの含まれた笑みだった。
おのれ……。
真次郎の狼狽は募り、混乱した。
虎太郎は、青眼に構えた木刀を上段に動かした。
真次郎は、誘われたように気合いを発し、虎太郎に木刀を激しく打ち込んだ。
狼狽、混乱した真次郎の木刀は、微かな迷いと躊躇《ためら》いを滲ませて鋭さを欠いた。
虎太郎は、僅かに体を開いて真次郎の木刀を見切り、大きく踏み込んだ。

風が巻いた。
虎太郎は、木刀を微かに唸らせて真次郎と交錯した。
二人は、場所を入れ替わって再び対峙した。
半兵衛、半次、音次郎は、息を飲んで眼を瞠った。
門弟たちは凍《い》て付いた。
静寂《せいじゃく》が溢れた。
真次郎は顔を苦しげに歪め、崩れるように片膝を突いた。
「それ迄……」
師範代は制した。
真次郎は、横倒しになりそうな身体を必死に木刀で支えた。
虎太郎は、木刀を引いて控えた。
「見事だ。大岡虎太郎……」
岡田十松は告げ、上段の間から立ち去った。
師範代、虎太郎、真次郎、門弟たちは頭を下げて見送った。
張り詰めていた緊張が一気に解かれ、道場に感嘆の吐息が満ち溢れた。
虎太郎は、僅かに乱れた息を整えた。

真次郎は、脇腹を打ち込まれており、息を苦しげに鳴らしていた。

「真次郎の脇腹の手当てを……」

師範代は、門弟たちに命じた。

数人の門弟たちが、真次郎を奥に連れ去った。

神道無念流免許皆伝書を懸けての仕合は、大岡虎太郎の勝ちで終わった。


「凄い勝負でしたね……」

音次郎は興奮していた。

「ああ。いつどうなったのか良く分からない早技だったな」

半次は感心した。

「ええ。呆気《あっけ》ないぐらいに……」

音次郎は頷いた。

「真次郎の奴、虎太郎さんが現れたのに狼狽え困惑した。そいつが紙一重の腕の差を大きく変えたようだ」

半兵衛は微笑んだ。

「真次郎の奴、大番屋の牢にいると思っていた虎太郎さんが現れ、驚きましたか

半次は苦笑した。

「……」

「まあ、そんな処だろうね」

半兵衛は頷いた。

「それにしても旦那、宮田真次郎は此のまま大人しく退《ひ》き下がりますかね」

半次は懸念した。

「さあて、私たちの見廻りの道筋と時を調べ、遊び人の藤吉相手に不忍池の畔で芝居を打ち、大岡虎太郎さんを捕らえさせる。そこ迄して手に入れたかった免許皆伝書だ。大人しく退き下がるとは思えないか……」

半兵衛は読んだ。

「ええ……」

半次は頷いた。

「それに旦那。宮田真次郎の野郎、下手な芝居を打って旦那を騙そうとしたのはどうするんです。眼を瞑って見逃すんですか……」

音次郎は息巻いた。

「旦那……」

半次は眉をひそめた。

「そうだな。よし、半次、音次郎、宮田真次郎を暫く見張ってみるか……」

半兵衛は苦笑した。


宮田真次郎は、虎太郎に脇腹を打ち抜かれて仕合に負けた。

打ち抜かれた脇腹は、幸いな事に肋骨《ろっこつ》を傷付けず、打身《うちみ》だけで済んだ。

大岡虎太郎は、師である岡田十松から免許皆伝書を授けられた。


桜の花は咲き誇った。

半次と音次郎は、三味線堀の宮田屋敷を見張り続けた。

真次郎は、脇腹の打身が癒《い》えるのを待っているのか、屋敷に閉じ籠もっていた。


大岡虎太郎は、神道無念流『撃剣館』の師範代見習となり、門弟たちに稽古を付け始めた。

門弟たちに稽古を付ける虎太郎は、楽しげで生き生きとしていた。

虎太郎らしい……。

半兵衛は微笑んだ。


「どうだ……」

半兵衛が、宮田屋敷を見張っている半次と音次郎の許にやって来た。

「相変わらずです」

半次は苦笑した。

「動かないか……」

「ええ。虎太郎さんは如何でした……」

「張り切って門弟たちに稽古を付けていたよ」

半兵衛は微笑んだ。

「親分、旦那……」

音次郎は、宮田屋敷の潜り戸を示した。

宮田屋敷の潜り戸が開き、真次郎が下男に見送られて出て来た。

「親分……」

「ああ。漸く動く気になったか……」

半兵衛、半次、音次郎は、出掛けて行く真次郎を追った。

真次郎は、出羽国《でわのくに》久保田藩《くぼたはん》江戸上屋敷の門前を抜けて西に曲がった。そして、筑後国柳河藩《ちくごのくにやながわはん》江戸屋敷の通り、御徒町の組屋敷街に進んだ。

此のまま進むと下谷広小路だ……。

半兵衛、半次、音次郎は追った。


下谷広小路に出た真次郎は、雑踏を抜けて湯島天神裏門坂道に進んだ。

半兵衛、半次、音次郎は尾行た。

湯島天神裏門坂道の突き当たりには、湯島天神男坂《おとこざか》がある。

真次郎は、男坂の隣にある女坂《おんなざか》との間にある潰れた茶店に入った。

半兵衛、半次、音次郎は見届けた。

「潰れた茶店ですね……」

音次郎は眉をひそめた。

「ああ、何しに来たのか……」

半次は、厳しい面持ちで頷いた。

「よし。音次郎、一っ走りして木戸番を呼んで来てくれ」

半兵衛は命じた。

「合点です」

音次郎は、木戸番屋に走った。

潰れた茶店には、数人の食詰め浪人が住み着いていた。

「食詰め浪人か……」

半兵衛は眉をひそめた。

「はい。いつの間にか住み着き、大家さんが出て行ってくれと頼んでも聞かずに……」

木戸番は、腹立たしげに告げた。

「出て行かぬか……」

「はい……」

「で、食詰め浪人、何人いるんですか……」

半次は尋ねた。

「普段は四人ですが、増えたり減ったりしているようです」

「そうか。して、食詰め浪人、普段は何をしているのだ」

「はい。博奕打ちや地廻りの用心棒をしているようですが、強請集《ゆすりたか》りに無銭飲食、酷《ひど》い真似をしていますよ」

木戸番は吐き棄てた。

「旦那、真次郎がそんな食詰め浪人にある用ってのは、ひょっとしたら……」

半次は、嘲りを浮かべた。

「ああ。きっとそんな処だろうな」

半兵衛は、半次の読みに苦笑した。


門弟たちに稽古を付けた大岡虎太郎は、井戸端で水を浴びて着替え、師の岡田十松に挨拶をして『撃剣館』を後にした。

黄昏時《たそがれどき》の駿河台は行き交う者も少なく、連なる大名旗本屋敷は静寂に覆われていた。

虎太郎は、表猿楽町の通りを神田川に架かっている水道橋《すいどうばし》に向かった。

神田川の岸辺の桜の花は満開になった。

大岡虎太郎は、神田川沿いの道を水道橋に進んだ。

水道橋を渡って本郷の町を抜け、菊坂台町にあるお稲荷長屋に帰る。

虎太郎は、黄昏時の水道橋を渡り始めた。

刹那、水道橋の北詰に二人の浪人が現れ、立ち塞がった。

虎太郎は足を止め、背後を振り向いた。

背後にも二人の浪人が現れ、矢を番《つが》えた半弓《はんきゅう》を構えた。

「剣では勝てぬと、半弓で来たか……」

虎太郎は苦笑した。

「黙れ、虎太郎……」

宮田真次郎が藤吉を従え、行く手に立ち塞がった二人の浪人の間から現れた。

「馬鹿な真似は止めろ、真次郎……」

「虎太郎、勝負の決着をつける」

真次郎は、虎太郎の背後で半弓を構えている二人の浪人を促した。

二人の浪人は、矢を番えた半弓の弦《つる》を引き絞った。

虎太郎は身構えた。

二人の浪人は、矢を放とうとした。

刹那、鈎縄《かぎなわ》が左右から飛来し、浪人たちの半弓に絡み付いた。

二人の浪人は驚き、半弓から手を放した。

矢はあらぬ方に飛んだ。

半次と音次郎が、十手を構えて現れた。

二人の浪人は怯んだ。

虎太郎は、橋の床板を蹴って怯んだ二人の浪人に襲い掛かった。そして、抜き打ちの一刀を放ち、二人の浪人の脚を斬った。

二人の浪人は悲鳴をあげて倒れた。

真次郎と藤吉、二人の浪人は後退りした。

行く手に半兵衛が現れた。

真次郎と藤吉は驚き、思わず怯んだ。

「宮田真次郎、馬鹿な真似をしたね」

半兵衛は笑った。

「し、白縫……」

真次郎は、声を引き攣らせた。

「藤吉と下手な田舎芝居を打って私を誑《たぶらか》そうとした挙げ句、虎太郎さんの闇討ちを企てるとはな……」

半兵衛は、真次郎に嘲りと侮《あなど》りの笑いを浴びせた。
「お、おのれ……」
真次郎は、悔しさに声を震わせた。
二人の浪人と藤吉が、半兵衛に斬り掛かった。
半兵衛は、僅かに腰を沈めて刀を抜き打ちに放った。
閃光《せんこう》が走り、二人の浪人と藤吉が手脚を斬られて倒れた。
一瞬の出来事だった。
「田宮流抜刀術、見事な……」
虎太郎は感心した。
半兵衛は、真次郎に向き直った。
真次郎は、思わず跳び退いた。
虎太郎が背後から迫った。
真次郎は、半兵衛と虎太郎に挟まれた。
「宮田真次郎、最早此迄だ。神妙にするんだね……」
半兵衛は、穏やかに告げた。
追い詰められた真次郎は、覚悟を決めて虎太郎に猛然と斬り掛かった。

虎太郎は斬り結んだ。
半兵衛、半次、音次郎は見守った。
虎太郎と真次郎は、激しく斬り結んで交錯した。
刀の輝きが瞬き、血が飛んだ。
虎太郎は、残心《ざんしん》の構えを取った。
真次郎は胸元を斬られ、呆然とした面持ちで膝から崩れ落ちた。
半兵衛は駆け寄り、真次郎の生死を確かめて手を合わせた。
虎太郎は、刀を納めて真次郎の死体に手を合わせた。
宮田真次郎は死んだ。
風が吹き抜け、桜の花片《はなびら》が僅かに散った。
宮田屋敷は、半兵衛たちに運ばれて来た真次郎の死体を見て騒然となった。
半兵衛は、宮田家の当主で真次郎の父親である帯刀に事の次第を詳しく報せた。
宮田帯刀は、倅真次郎の愚かさに愕然として言葉を失った。
事の次第が御公儀に知れれば、宮田家当主の帯刀は家中取締《かちゅうとりしまり》不行届《ふゆきとどき》で切腹、宮田家は取り潰しになる恐れがある。

帯刀は、全身の血が下がり、力が脱《ぬ》けるのを感じた。

「して宮田さま、お願いがございます」

半兵衛は、宮田帯刀を見据えた。

「し、白縫、私に願いとは……」

帯刀は、嗄れ声を震わせた。

「御次男、真次郎どのの死、急な病での死としては戴けませぬか……」

「し、白縫……」

帯刀は、戸惑いを浮かべた。

「そして、真次郎どのの恨みを晴らそうなどとは一切思わぬ事。そうして戴ければ、私は真次郎どのの愚かな所業の一切、御目付《おめつけ》や評定所《ひょうじょうしょ》に報せる事は……」

半兵衛は、帯刀を見据えた。

「しないでくれるか……」

帯刀は、半兵衛に縋る眼差しを向けた。

「如何にも……」

半兵衛は微笑んだ。

「忝い。おぬしの申し出、確かに承知した」

帯刀は、半兵衛に深々と頭を下げた。

「宮田さま……」

「倅真次郎、急な病で頓死《とんし》致した……」

帯刀は、哀しげな面持ちで告げた。

「お気持ち、お察し致します」

半兵衛は一礼した。


「此で宮田家の者たちが虎太郎さんを仇と恨み、付け狙う事もあるまい……」

半兵衛は苦笑した。

「ええ。此で宮田家も安泰ですしね」

半次は頷いた。

「世の中には、あっしたちが知らん顔を決め込んだ方が良い事がありますか……」

音次郎は、半兵衛の腹の内を読んだ。

「うむ。あったのは不忍池の畔の下手な田舎芝居だけだ……」

半兵衛は笑った。

桜の花は夜目《よめ》にも鮮やかに咲き誇った。

江戸は明日から花見で賑わう……。

双葉文庫

ふ-16-49

新《しん》・知《し》らぬが半兵衛手控帖《はんべえてびかえちょう》

隠居《いんきょ》の初恋《はつこい》

2019年2月17日　第1刷発行

【著者】
藤井邦夫《ふじいくにお》

【発行者】
箕浦克史

【発行所】
株式会社双葉社
〒162-8540 東京都新宿区東五軒町3番28号
［電話］03-5261-4818(営業)　03-5261-4833(編集)
www.futabasha.co.jp
(双葉社の書籍・コミックが買えます)

【印刷所】
中央精版印刷株式会社

【製本所】
中央精版印刷株式会社

【表紙・扉絵】南伸坊
【フォーマット・デザイン】日下潤一
【フォーマットデジタル印字】飯塚隆士

ISBN978-4-575-66930-5 C0193
Printed in Japan